Happy Box

伊坂幸太郎／山本幸久／中山智幸
真梨幸子／小路幸也

PHP
文芸文庫

○本表紙デザイン＋ロゴ＝川上成夫

Happy Box

目次

本文写真協力：papabubble

Kotaro Isaka

Weather

伊坂幸太郎

「今日の天気は、晴れ時々雨」とテレビで言っていたので、傘を持っていこうかどうか悩んじゃったんですよね。

円形テーブルの向かい側に座る女性が言った。ベージュのノースリーブのワンピースだ。羽織っていた黒のレースのボレロを今は取っている。ベージュの色が薄く、レストラン内の照明の角度によっては白く見えるため、新婦のウェディングドレスと色味が重なってしまうのではないか、と僕は気になる。

「あ、天気のことならば、彼に訊《き》いたほうがいいよ」僕の隣に座る先輩が指差してきた。二つ年上で背と鼻が高く、色黒で、健康的な二枚目の彼は、職場でも女性社員から視線を注がれることが多いのだが、今も同じテーブルに座る女性陣が、ちらちらと気にかけている。落ち着き払った低い声がまた魅力的で、男の僕ですら少しどきりとするほどだ。

「晴れ時々雨、という場合の、『時々』というのは一応、決まりがあるんですよ」張り切ったわけではなく、むしろ面倒くさかったのだが、指名された手前、僕は説明する。「雨が断続的に降る状況が、合計で十二時間未満だと、『時々』なんです。連続じゃなくて、断続です」

「何それ、難しいですね」とピンクのワンピースの女性が言ってきた。髪を編んでいるため、首筋が露《あら》わになり、首につけたネックレスが目立った。昼の挙式で光るアクセサリーをつけることは問題なかっただろうか、とまた、小さなマナーのことが気にかかる。

「大友君は、細かいことを気にして、時々、考えすぎるんだよ。誇大妄想癖《こだいもうそうへき》があるんじゃないの」とは過去の付き合った女性から、ぶつけられた言葉だ。確かに僕にはそういったところがある。が、細かいことを気にしなくなれば、それはそれで、デリカシーがないと非難されるはずだ。

都内の、イタリアンレストランだった。清水が結婚式を挙げるとすれば、名の知れた式場で、華やかに開催するものだと思っていたため、レストランでやると知った時は意表を突かれた。しかも、テレビや雑誌で有名な店でもなく、どうやら、知る人ぞ知るような、つまりは無名の店らしく、ますます意外だった。

「明香里《あかり》に会って、性格を入れ替えた」と公言している清水は、派手好きなところも変わった、ということなのか。

が、すぐに気づいた。清水は学生時代から、女性と食事に行くことが好きであったから、都内近郊の有名店にはたいがい出向いている。そのため、どこの店で結婚式をするにしろ、別の女性の記憶が蘇《よみがえ》ってしまうのかもしれない。もしくは、有名レストランのフロアスタッフに手を出している可能性もある。その結果、レストランで挙式をするにも、店が限られ、結果的に、知る人ぞ知る場所になったのではないだろうか。

勝手な想像にすぎないが、そんなことがあるものか、と言い切れないのも事実だ。

とはいえ、このレストランの雰囲気《ふんいき》は良かった。正面に向かって左手奥に、オープンキッチンのような厨房《ちゅうぼう》が近くにあり、料理が作られていることが、こちらの披露宴《ひろうえん》との連帯感を生み出している。

天井《てんじょう》が高く、六角形の照明が釣り下がり、部屋の中心にクリスマスツリーさながらの、大きな木が据《す》えられているのもアクセントとなっていた。

「天気のこと詳しいんですね。そういう学校に通っていたんですか？」女性が訊くので、僕は正直に答える。「大学の頃から、いろいろ詳しくなったんです。必要に迫られて、独学です」苦笑《にがわら》いを浮かべずにはいられない。

「あの、大友さんって、明香里の旦那《だんな》さんの、清水さんとは学生時代からのお友達なんですよね」

「腐れ縁ですね」学生時代から仲は良かったが、まさか同じ企業に就職するとは思っていなかった。しかも二年前、ある社員の不祥事《ふしょうじ》がもとで、玉突きのように人事異動が発生し、同じ部署に所属することになったのだから、つくづく縁がある。

大友、披露宴の時、おまえのテーブルは合コン席にしてあげたからな。

新郎の清水玲《れい》は一ヶ月前、社内食堂で並んでラーメンを啜《すす》っている際に、そう恩着せがましく言い、「新婦の友人が座る席だから、仲良くなれる。お礼にチャーシューを一枚くらい、くれてもいいと思うぞ」と僕の丼《どんぶり》を箸《はし》で指した。やだよ、と答えると、「チャーシューごとき、ケチらないほうがいいぞ」と全国のチャーシューファンが聞いたら、怒られるようなことを口にした。

「普通は、新郎の知り合いのテーブルと、新婦知人のテーブルは別々にするものなんじゃないのか？」

「俺たちのはレストランウェディングだから、カジュアルな感じだし、あとはテーブルの数の問題もあってな、うまく分けられなかったんだ。だから、せっかくだから、独身の男女が知り合うきっかけの場にしてもらおうじゃないか、とな」

「涙が出ます」

「言い出したのは俺じゃなくて、明香里なんだけどな。優しいだろ、俺の妻は」

「まだ入籍前だけれど」

「まあ、もうすぐだからな」

「ただ、清水の過去の女関係がばれたら、危ない」清水は、三十歳となる今までに、長期、短期合わせれば、把握《はあく》できぬほどの交際を経験している。

「確かに、過去のことを知られたら大変なんだ」清水は急に背筋を伸ばし、僕に向き直る。「彼女も、俺がある程度、女性と関係があったことは想像している。ただ、実際には、彼女の想像の何倍もの過去がある」

「存じ上げております」

「だから、そこは慎重に頼むよ、大友。俺は心を入れ替えたんだから」

「清水の心は、下手《へた》な電池よりも簡単に入れ替えられる」

「いや、大友、本当に頼むぞ。面白い話題になるからと言って、披露宴で、俺の過去の話はしないでくれよ」と深刻な顔で念を押し、「ほら、俺のチャーシューをあげるよ」と箸で肉を摘《つま》み上げた。

「チャーシューごときをもらって、悪いね」

もちろん、清水が本心から言っているのだろうとは分かっている。夜の繁華街に出向くのが大好きで、どこへ行くのにも女性を誘いたがる彼も、今回の結婚相手である相沢明香里と出会って以降は、真面目《まじめ》な言動が増えた。つまり、この二年近くは、彼の夜の活動もかなり減った。ゼロになった、と言い切れないところが、清水の弱さの顕《あらわ》れではあるが、それまでの習慣を急になくすことはできぬだろうから、徐々にゼロに近づけるべく清水も頑張《がんば》っていたのかもしれない。職場で聞く彼の話から推測するに、どうやら本気でその恋人を大事にしたいらしい、と僕も信じはじめていた。

が、僕の前に、清水の女性関係に疑いを抱《いだ》く人間が登場した。

疑問を抱いた人物、それは当の新婦、相沢明香里本人だ。

さらにもう一つ、清水には内緒にしていることがある。

相沢明香里は、僕が高校時代に半年ほど交際していた女性だった。

◠

三ヶ月前、清水が、「俺の婚約者、明香里をやっと、おまえに会わせる時が来た」と芝居がかった言い方をした。

「いいよ、俺はまた、天気の話しかできなくなるんだから」と言うと、「まあ、そう言うなよ。明香里も友達を連れてくるから、おまえとどうかと思ってさ」と嬉《うれ》しそうにした。ようするに、恋人の友人を、僕に紹介してくれるつもりらしかった。

気は進まなかったものの断る理由もなく、のこのことその小さな宴席《えんせき》に顔を出したのだが、席に着いた瞬間、青褪《あおざ》めた。自分が高校生の時に付き合っていた、一つ年下の女性だったのだ。言われてみれば、「あかり」という名前を聞いた時に、昔の彼女と同じだな、とは思った。

動揺を隠し、酒をたくさん飲んだ。明香里が連れてきたもう一人の女性には悪いが、ほとんどそちらの記憶は残っていない。もちろん、明香里も僕には気付いたらしかったが、その時は、知人同士という素振《そぶ》りを見せず、初対面のふりをした。婚約者の友人に接するように、僕に話しかけ、質問をぶつけてきた。「どこの出身なんですか」と質問された時には、「知ってるくせに」と口に出しそうになった。

隣接した町に住み、部活動が同じだったことに加え、彼女も僕も、小学生の頃に両親が離婚し、母親だけの手により育てられたという共通点があった。「俺の父親は浮気で離婚することになった」と僕が言えば、彼女は、そんなのはマシだよ、という表情で、「うちなんて借金だよ」と首を振った。ちょっとした不幸自慢のたぐいだったのかもしれない。「うちのお母さんが、絶対にやめて、って言うのに、お父さん、自分の弟の連帯保証人になったんだよ。それで離婚することになって」

どうやら、彼女の母親が、「保証人になるくらいであれば離婚する」と言ったにもかかわらず、父親は保証人になったのだという。おそらくそこには意地や信念が関係していたのかもしれない。そして案《あん》の定《じよう》というべきか、彼女の父は離婚した直後、借金を負い、家を出た。思えば僕が、連帯保証人の恐ろしさを知ったのは、その、明香里の話からだった。「お母さんの判断力と決断力が、わたしを沈む船から救ってくれたんだから」と彼女は誇るように説明した。彼女からすれば、母親は頼れる船長なのか。

とにかくそういったわけで、母子家庭同士の親近感からか、僕たちの距離は縮まり、交際に発展した。

「まさか玲君の友達が、大友君だとは思わなかったよ。びっくりした」と明香里が、僕に言ったのは、その飲み会の翌日だった。どうやら、清水の携帯電話から、僕の番号を調べたらしく、電話をかけてきた。それを聞いた瞬間、「清水の携帯電話には、数々の女性の知り合いが登録されているが、問題はなかったのか」と心配になったが、訊き質《ただ》すことはできない。

「そうか、俺に再会できて嬉しかったんだな」僕は冗談のつもりで言ったのだが、明香里は真剣な声で、「それはないよ」と答えた。「大友君のことなんて、昨日会うまですっかり忘れていたし」

「はっきり言わなくてもいいじゃないか。でも、俺も面倒なのは嫌だから、清水には早めに、このことを説明したほうがいいと思う。俺と君が知り合いだってことを。いらぬ疑いをかけられても仕方がないし。この間は、あまりに突然のことで動転した、と正直に言えばいい」

「賛成なんだけれど、でも、もう少しだけそれを待ってくれないかな。わたしたちが知り合いだっていうこと、結婚後に明かしてほしいの」

「どうして?」

「そのほうが、好都合だから」

「何だよそれは」

「だって、わたしと大友君が知り合いだと分からないほうが、大友君がスパイをしやすいでしょ」

「スパイ?」そんな予定はなかった。

「実はね、ちょうど玲君の情報を知りたいところだったんだよ。身近にいる、大友君に、彼のことをいろいろ調べてほしいの」

「清水の情報って、どういうこと？」

「玲君って、いろんな女の人と付き合ってきたんでしょ」

明香里が、僕の耳に投げ込んできた言葉は、プロ投手の剛速球のように、こちらに突き刺さった。痛いところを、見事に当てた。ためらいを見せたらすぐにばれる、と分かっていた。「いや、まあ、そりゃあ清水もモテるから、ゼロってことはないけれど、まあ、普通だと思うよ。交際の歴史は」と曖昧《あいまい》に答えた。

「嘘《うそ》つかないでいいから」明香里は、こちらの猿芝居を嘲《あざけ》るようでもあった。

「隠したって、ばれるんだよ」

猿芝居も、真剣にやれば、胸を打つのだ。僕はそう内心で唱え、嘘をつき通すことを決意した。「あいつは優しいから、誤解されやすいんだ」

「あのさ、昨日の飲み会の時、大友君って、やたら天気の話をしてたでしょ」

「そうだっけ？」

「そうだよ。『真冬日とは、最高気温が○度に行かないことである』とか、『昼間、蜂《はち》の巣みたいに穴の開いた雲が見えたから、晴れが続くかも』とか」

「巻積雲《けんせきうん》が変な形の時は、天気が良くなるんだよ」

「どうして、そんなに天気に詳しくなっているの?」

僕は電話を耳に当てながら、顔をしかめる。まさか核心を突かれるのだろうか、と怖《こわ》くなる。「天気に興味があって」

「それ、嘘でしょ。わたし、思ったんだけど」

「何だよ」

「ほら、たとえば大友君の友達に、いろんな女の子と付き合っている男がいるとするでしょ」

「たとえば、ね」

「で、その男の恋人と、大友君が会ったとして、そこで、うっかり変なことを口にしたら、大変なことになるかもしれないよね」

僕は反射的に、次のような場面を思い浮かべる。「そういえば、この間、清水とあのカフェに行ったんだってね」と口に出すと、清水が、「まずい」と言わんばかりに小刻《こきざ》みに頭を振る。同時に、清水の恋人の顔が強張《こわば》るのが見える。「そうか、それは別の女性と行ったのか」と察し、慌《あわ》てて、話題の映画の感想を聞くと、ますます清水の目つきが鋭くなる。恋人も不愉快を露わに、鼻息を荒くする。「ああ、そうだ、この彼女は食通が高じて、レストランでウェイトレスの仕事をはじめたんだった」と思い出し、今度は、どこのお店で働いているのですか、と話題を変えるが、それがまたしても的外《まとはず》れで、空気が凍りつく。「いったい、どの女性のことを言ってるんですか?」と彼女が怒り出す。僕はそういった場面を、幾度《いくど》か体験した。

「何を喋《しゃべ》っても、火種になるような気がしてくるでしょ」

「なるほど」

「それで、最後はもう、万国共通の、最も当たり障《さわ》りのない世間話をするしかなくなっちゃうんじゃないかな。世界で最も、無難な話題」

「つまり?」

「天気の話」

ご明察《めいさつ》! 僕は拍手でもしたかったが、我慢《がまん》した。「すごい推理だなあ」と笑い、「考えすぎだって」と言うほかない。

が、実際には明香里の言うとおりだった。清水と一緒に女性に会う際、何を喋っても、別の女性を仄《ほの》めかす結果となり、天気の話しかできなくなった。とはいえ、天気の話といえども、話の種は限られるため、定期的に知識を増やしていったところ、自分でも驚くほど詳しくなり、素人《しろうと》レベルではあるものの天気博士となった。それが真相だ。

「それで、いったい、君は何を心配しているんだ」

「玲君は、わたし以外に女性がいるんじゃないかな」

「昔はどうあれ、今は、君以外に親しい女性はいないはずだ」

「その根拠は?」

「清水玲が言っていたからだ」

「犯人が主張するアリバイには証拠能力はないと思わない?」

「犯人と呼ぶなよ。だいたい、それほど気になるのなら、結婚しても不安が尽きないかもしれないぞ」

「結婚はしたいんだよね。今まで付き合ってきた男の人はいまいちぴんと来なかったけれど、玲君はぜんぜん違うの」彼女は本心から言ったらしく、僕の絶句に気付いたのか、「ああ、ごめんなさい。うっかり」と笑った。「とにかく、大友君にお願いしたいんだけど、玲君が何かを隠していないか調べてほしいの」

「俺が？」

「職場も一緒なんでしょ。うっかり、秘密を漏《も》らすかもしれないじゃない」

「だって、もう、結婚式の日取りも決まったんだろ」

「だけど、知りたいの。大事なことを隠されたまま、結婚するのは悔《くや》しいでしょ」

◠

あの、清水さんって、学生の頃はどういう人だったんですか？

考え事をしていたため、その言葉が自分に投げかけられているのだとすぐには気付かなかった。横に座る、歩くウーハーとも言える低音の声の先輩が、「おい、大友。女性たちが聞いてるぞ」と脇を突いたので、はっとする。

「学生時代の清水は」僕の頭に真っ先に浮かぶのは、連日、飲み会、もしくはカラオケに出向いている彼の姿だ。横には必ず、女性がいる。僕などは、男同士でがやがやと幼稚《ようち》な話題で盛り上がるほうが楽しかったため、一度だけ、「どうして、おまえは女を呼ぶのだ」と問いかけたが、彼は、「おまえは、トンカツを食べる時に、ソースを用意しないのか」と奇妙な男を見るように、僕を見た。「女性をソース扱いするのか」とどうでもいい批判をぶつけてみると、「いや、思えば、女の子はトンカツのほうだ」と返事があった。納得はできなかったが、清水にとっては、一人で映画に行くことや、食事に出かけることは理解の外にある行為なのだとは分かった。実際、牛丼を食べに行くのでさえ、同行してくれる女性を探していた。

「清水は楽しい男だったよ」言葉を選びながら、僕は話す。天気の話に切り替えたくて仕方がない。迂闊《うかつ》なことを漏らしてしまう恐怖があった。

「清水さん、モテそうですよねえ」とピンクのワンピースの子が言う。曖昧に僕は返事をし、彼女の表情を観察してしまう。あなたは、実は、清水と仲良かったりしませんか？　と単刀直入に訊きたくなる。

明香里が、結婚を間近に控えているにもかかわらず不信感を抱きはじめたのは、ここ数ヶ月の清水の言動に違和感を覚えたからだという。

電話の際にも早口で、以下のように訴えた。

「たとえばね、映画を観《み》に行ったら、急に電話がかかってきて、そうしたら外に出て、喋りはじめたの。普通、電話なんて、映画が終わってからかけ直せばいいと思わない？」

「それはまあ、仕事の電話だったり、急用だったりしたんじゃないのか」

「ねえ、大友君の会社って、そんな風に急用が発生する職場なの？　週末の映画の最中に、慌てて応答しないといけないような」

「医療機器の仕事だから、トラブルがあれば、急用になるよ」と答えたものの、実際は、嘘だった。部署によっては、トラブル対応で緊急呼び出しがあるが、僕や清水がいるのは、ほとんどが事務作業や契約書の手続き確認であり、休日に呼び出されることはほとんどない。そんなことがあったのなら、当然、彼から僕も話を聞いているだろう。

「それにね、前に、待ち合わせの時に早めに着いたら、玲君が先にいて、驚かせようと思って後ろから近づいたの。そうしたら、携帯電話に着信があったみたいで、話しはじめたんだよね。ただ、わたしに気付いたら、慌てて電話を切ろうとして。だから、冗談で電話を取り上げようとしたんだけど」

「ずいぶん大胆《だいたん》だな」

「ふりだけだよ。ただ、玲君、動揺してたし、それに電話の向こうからは女の子の声がしてたしね。『もしもし？　もしもし？』って」

ああ、と僕は声に動揺が出ぬようにと気を付ける。法廷で劣勢《れっせい》に立たされた弁護士はこのような気分かもしれない。証人から不利な発言が飛び出し、「まずい」と呻《うめ》きそうになるが、陪審員《ばいしんいん》への印象を考え、ぐっと感情を押し殺すのだ。

「それはたとえばね、昔の彼女から電話がかかってきたのかもしれない。しつこい女性で、何やかやと付き纏《まと》うから、もう関わるな、と言い聞かせていたんじゃないかな」

「ああ、そういうのはね、わたしも覚悟しているんだよね。昔のことはしょうがないし。ほら、玲君って、両親が小さな頃からいなかったんでしょ」

「中学時代だったかな」清水の両親は、実家への帰省《きせい》の際、高速道路での事故に巻き込まれて亡くなった。中間試験の勉強をしなくてはならなかったため、清水は家に残っており、そのおかげで命拾いした。それ以降は、近所に住む伯父《おじ》と伯母《おば》に育てられたという。だから、あの清水の刹那《せつな》的な女性との交際の仕方は、親を喪失《そうしつ》したことによる精神的な空白が関係しているのだろうか、と想像したこともあるのだが、実際のところ、それで大目に見よう、とは考えにくいのも事実だ。その関連付けは、両親を失った交通遺児に対しても、合コン好きの男たちに対しても、失礼なこじつけに思えた。

「何かね、そのせいか、時々、すごくひ弱な子供みたいに見える時があるの。だから、守ってあげたい気持ちにもなるんだよね。女の人からモテるのは分かる」

「清水が？　ひ弱な子供？」

「そう」

「だったら俺は、か弱いウスバカゲロウだ」

「その意味はちょっと分からないんだけれど」明香里は、僕の言葉など右から左へと聞き流した。「とにかく、玲君が、女性を引き寄せるという話。ただ、昔の女の人から電話がかかってきたら、わたしに教えてね、って頼んでいたんだよ。隠し事があると不信感を抱いちゃうだけでしょ。オープンに言ってくれれば、勘《かん》ぐらないんだから」

「それは言えてる」僕がそこで思い浮かべたのは、大臣になった途端に、違法献金や不埒《ふらち》な女性関係が露わになり、週刊誌に叩《たた》かれている政治家の姿だった。どうせならば、全部、曝《さら》け出せばいいのに、とよく思う。もはや国民の誰一人として、政治家が清廉潔白《せいれんけっぱく》だとは信じていない。それを求めているとも思えない。覚悟《かくご》とビジョンがあれば、それでいいのではないか。そういう意味では、女性との電話について隠そうとした清水は、戦略を誤った。

「もしかすると、君の気を引きたかったのかもしれないよ」僕は言った。我ながら、何と献身的な弁護人なのか、と感心する。しかも弁護料ももらっていないのだ。「思わせぶりなことをして、君を不安がらせるために」

「何でわざわざそんなことをするの」

「そうしたら、不安になった君が、もっと自分を大事にしてくれるんじゃないか、と期待して、とか」

「わたしがまるで、大事にしていないかのような言い方だね」明香里が怒るので、僕は慌てて、「そういう意味ではない！」と否定する。どうしてこんなに気を遣《つか》わなくてはならぬのか、と溜《た》め息が出た。

それから僕は、「清水の言動を結婚式当日まで観察する」任務を担《にな》うことになった。引き受けはしたものの、特に、何も報告しなかった。

レストランの店内は横に広く、大きな丸テーブルが六つあった。青いクロスがかかり、各テーブルの中央に置かれたキャンドルスタンドも青い。僕たちが座るこの場所は、海の底に感じられた。本格的な式場で言えば、高砂《たかさご》にあたる位置に、細長いテーブルがあり、清水と明香里が座っている。彼らに向かって左手側の厨房では、白い服装の料理人たちが手際《てぎわ》よく動いていた。匂《にお》いが漂《ただよ》うのが見えるかのような、臨場感がある。

清水はいつになく緊張しており、新鮮だった。が、料理代のもとは取りたいと思っているのか、前菜を必死に頬張《ほおば》り、隣の明香里に対しても、「食べてみろ。美味《おい》しいぞ」とせっつくようにしていた。

明香里のウェディングドレスはいたってシンプルで、胸元が大きく開いてはいるが、首につけたアクセサリーがバランス良く、品があった。高校時代とは比べものにならぬほど大人びて、贔屓目《ひいきめ》なしに、美しく見えた。清水はグレーの燕尾《えんび》服《ふく》で、それも様になっている。

店内の向かって左手、厨房の手前にはマイクスタンドがあり、司会者がいた。背筋が伸び、スタイルの良い女性で、明香里が言うには、「玲君が、結婚情報雑誌で見つけたプロの人」らしかった。

「その人も怪しいんだよね」明香里は事前に、僕に言った。

「怪しい、ってどういう意味で」

「玲君、結婚式の会場を検討しはじめた頃から、ちょっとそわそわしはじめたの。そわそわ、というより、こそこそ、かなあ。だから、レストランのスタッフとか、司会の人とか、そういう女の人と、仲良くなったのかな、とも思ったんだけど」

「疑い過ぎだ」僕は笑った。が、ありえなくもない、と内心ではうなずいている。

「だから、大友君は当日も、司会の人とかをよく観察しておいて。疚《やま》しさが態度に出るかもしれないから」

「結婚式当日を迎えたなら、もう、どうでもいいじゃないか。腹をくくれよ」

「だって、自分だけ騙《だま》されている気がして、面白くないじゃない。もし、玲君が、わたしに隠して、誰かと交友しているんだとしたら、その情報を持っているほうが、絶対に強いんだから」

「強い、ってどういう強さなんだ」

「情報戦なのよ」

「そうかなあ」

「たとえば大友君は、ピクルスが苦手だったでしょ。そういう情報を知っているだけで」

「おまえだって、高校生まで、大きいニンジンを克服できなかったじゃないか」

「今はもう食べられます。そんなこと、いまだに覚えているなんて、大友君、怖いよ」

「情報戦じゃなかったのか」僕は呆《あき》れる。

司会の女性に不審な動きはなかった。

化粧《けしょう》は薄く、フォーマル過ぎずラフ過ぎずの服装は親しみやすく、てきぱきと進行する様子は、頼もしかった。目が大きく、髪が短く、知的さを伴《ともな》った美人、という佇《たたず》まいだった。玲君が声をかけそうなタイプなんだよね、と明香里が説明した時、清水はほとんど全方位的に、女性に声をかけるため、僕は何とも答え難《がた》く、「そういえば、今日は雲が灰色で、太陽のことも隠しているだろ。こういうのは、おぼろ雲と言って」と天気の話に移行したくなった。

司会女性の紹介により、明香里の上司の男性が、前に出てきた。右手側のマイクを使い、名乗る。「こういったレストランウェディングは、明香里さんの気さくさとマッチしていて、こちらもとてもリラックスできます」と挨拶《あいさつ》をはじめる。眼鏡《めがね》に時折触りながら、緊張を浮かべ、新入社員の頃の明香里のエピソードを話した。決して、その場をどっと沸《わ》かせるものではなかったものの、明香里の職場での働きぶりが伝わり、僕も、昔の恋人の近況を知り、楽しかった。

が、そこで新郎、新婦の顔を見やると、向かって左側に座る清水が、そのスピーチ中の男性とは逆の方向に目をやっていた。一瞬ではあるものの、それは、びっと音を発するような、しっかりとした視線だった。視線の先を追えば、司会の女性がいるものだから、僕は顔を歪《ゆが》めたくなる。司会者に、意味ありげにサインでも送っているように思えた。いや、そんなことはない、と僕は自分に言い聞かせる。視線の方向は、はっきりとは分からないのだから、あれは司会者ではなく、そのさらに先の厨房に目を向け、「料理が出てくるのが遅いぞ」と様子を窺《うかが》っているだけかもしれず、仮に、司会者を見つめていたにしても、この後の段取りについて、何らかのアイコンタクトを図《はか》っていただけかもしれない。そのほうが現実的だろう。

先入観のせいで、何を見ても怪しく感じられる。

司会者を眺めているうちに、三年前、やはり、学生の頃の友人の披露宴に出席した時のことを思い出した。その友人は大学で手品サークルに入り、そこで習得した技術を、僕や清水の前でよく披露してくれた。なので、彼の披露宴の際には、僕たちのほうが彼を驚かすべきだと妙な使命感が湧《わ》き、ウェディングケーキの中に清水が忍び込み、司会者の合図とともに、飛び出すという、シンプルかつ大がかりな余興《よきよう》を考えた。が、結果的には、当日の清水の態度があまりに不自然で、実行する前から、ばれた。

ようするに、清水は隠し事があまり得意ではないのだ。多数の女性と付き合う習慣のある男としては、致命《ちめい》的とも言える。

「おい、大友、これ食べたか」隣の先輩が、運ばれてきたばかりの前菜を指差した。「美味《うま》いぞ」と。

「前菜が三つ目なんて、なんだか贅沢《ぜいたく》ですね」女性陣の一人が言った。

エビとカニを組み合わせ、パイのようなもので包まれているのだが、ソースの絡《から》まり方が適切なのか、口に入れると溶けていく。

思えば、清水の様子ばかり気にかけていたため、これより前に出ていた前菜二品のことはほとんど覚えていなかった。何ともったいないことをしていたのか。

「やっぱり、清水さんって、こういう美味しいお店のことって詳しいんですね」パープルのワンピースに白ストールを羽織った女性が言う。二十代の前半に見えるが、明香里の後輩のようだ。

「まあ、清水はそうだね、いろんなお店に行くから」と僕は曖昧に答える。いろんなお店に、いろんな女性と行く。いや、行っていた。過去の話だ。

「実は、三ヶ月くらい前なんですけど、わたし、表参道のレストランに行ったんですね。すごく人気のお店で、半年前から予約していたんですけど、そうしたらちょうど、清水さんとすれ違ったんですよ。会計をしているところで」

直感的に、これはまずいな、と僕は思った。注意報が頭の中で鳴りはじめる。

経験上、こういった会話を無自覚に続けていると、落とし穴にはまっていることが多い。どれほど何気《なにげ》ない会話であっても、清水の場合は、重要な機密情報に繋《つな》がる可能性があるのだ。

「結婚式を挙げる会場を探して、明香里さんとお店巡りでもしていたのかな」隣の先輩が、心震《ふる》わせる低音で訊《たず》ねる。

それは駄目《だめ》だ、と内心で僕は大きく批判する。理由はない。直感だ。この会話の先は危険なので、これ以上、進んではいけません！　標識を出したい。

「明香里さんとは一緒じゃなかったみたいなんですよね」白ストールの彼女の言い方はどこか、あっけらかんとしていた。

ほら。どいつもこいつも、と僕は苛立《いらだ》ちを隠すのに必死だった。おそらく、この年下の女性は何も分からずに、話題の一つとして喋っているのだろうが、発言の影響についてまったく警戒をしていないのだ。非常に迷惑だ。

そもそもこの女性はつい先ほども、明香里の母親を見ながら、「前に聞いたんですけど、明香里さんのご両親って、借金で離婚したんですってね」と無神経な発言をした。「娘の結婚式くらい、出席すればいいと思いません？　父親なら娘の花嫁姿は見たいんじゃないですか。薄情ですね」と。彼女にはまるで悪びれるところがなかった。まったくもって腹立たしく、こういった人間によって、世の中は生きにくくなっているのだ、と糾弾《きゅうだん》したい思いに駆られた。

「翌日、職場で明香里さんに話をしたら、そのレストランには行ったことがないって言うし」と彼女はさらに続ける。

「じゃあ、それは清水さんじゃなかったんだね。他人の空似《そらに》とかで」隣のピンクのワンピースの女性は、僕から言わせれば常識のある人間であるのだろう、せっかくのお祝いの席で、世間話の一環とはいえ、疑惑の芽のようなものを育てるべきではないと考えたに違いない。はい、これでこの話題はおしまい、と幕を下ろそうとしているのが分かった。

「でも、そっくりだったんですよ」白ストールは粘《ねば》り強かった。「ほら、明香里さんの携帯の待ち受け画面に、清水さんの写真がありますけど、あれと同じジャケットを着ていたんですよ」

腹が立つほど観察力がある女性だな、と僕は溜め息を吐《つ》きたくなる。「じゃあ、清水は一人で食べに行ったのかな」とできるだけ軽やかに聞こえるようにと心を配り、言った。「レストランウェディングの会場を探していたのかもしれない。そういえば、よく、下見に行っていたと言うから」

これは我ながら、ぎりぎりの、「不自然さ」と「自然さ」の境界上の、言い訳だったと思う。あまり、強く主張すると怪しまれる。

「下見だったら二人で一緒に行けばいいのに」納得《なっとく》がいかないように、白ストールの女性は言った。

君はいったい、ここでどういった結論を導き出したいのだ、と怒りたくなるのをぐっと堪《こら》えた。同時に、あの清水が一人でレストランに行くだろうか？　という思いも過《よぎ》る。牛丼屋ですら、女の子と行きたがるのに。

一通り余興が済むと、新婦がお色直しをするため、一度退席となった。明香里が、壮大な映画音楽が流れる中、退出していく。スタッフがドレスの裾《すそ》を持っていた。

数日前、電話で話をした際の彼女の言葉を思い出す。「わたしはね、そのへんも少し、違和感があるの」と言った。「そのへん」とは、お色直しにまつわること、という意味だった。「もちろん、色ドレスを着たい気持ちはあるんだけど、それほど希望しているわけじゃないの。だって、もともとレストランウェディングにすることになったのは、玲君が、そのほうが出席者との時間を大事にできるから、って言ったからなんだよ。それなのに、色ドレスに着替えるために、退出したら、意味ないでしょ」

「君のお母さんに、色ドレス姿を見せてあげたかったのかもしれない」

「うちのお母さん、そんなこと気にしないよ」と明香里はむすっと答える。「それにどうせレストランでやるのなら、ほら、式の最初にシェフに、今日のメニューを言ってもらったりもできるでしょ」

確かにそれは、料理を作る人たちに親しみを感じることができる。

「それを提案したら、玲君は反対するんだよ。これから出てくる料理の名前を、憶《おぼ》えてることなんてできないから無意味だ、とか言って」

「それも一理あると思うけれど」

「お色直しするなら、最初から、ホテルの式場でやればいいのに」明香里は納得いかない、と最後まで言い続けた。

僕はそこで、昔、清水と交際していた女性のことを思い出した。確か、その女性は、料理に詳しいがあまり、レストランで働きはじめたのではなかったか。もしかすると、そのレストランを、披露宴の会場にするつもりではなかろうか。一度そう思うと、それが答えとしか思えなくなる。だが、仮にそうだとしても、どうしてその店で式を挙げる必要があるのだろうか。

昔の恋人が、清水の結婚式を見たい、と言い出したのか？ 何のために？ 自分が結婚できないのであれば、せめて疑似《ぎじ》的に、結婚式を体感したい、と？ いや、それよりはむしろ、嫌がらせのためかもしれない。「清水さん、わたしは身を引いてあげるから、そのかわり、わたしの働くお店で挙式してちょうだい」と陰湿《いんしつ》な難題をぶつけ、溜飲《りゅういん》を下げたかったのではないか。

あるだろうか、そんなことが。

「ねえ、大友君も変だと思うでしょ？」明香里が言ってくる。「何か、辻褄《つじつま》が合わないよね。式の段取りだって、勝手に進めちゃう部分もあって」

「あ、それは、ほら」

「何？」

「もしかするとサプライズを用意しているのかもしれないぞ」僕は言った。

「ああ」明香里の声は暗かった。

「嫌なの？」

「わたし、昔から思うんだけど」明香里は言いにくそうではあったが、しっかりとした声を出した。「サプライズのイベントってさ、仕掛けるほうが楽しむためのものだよね」

「そうかなあ」

「絶対そうだよ。だって、サプライズだからって黙っていられるのは、それはそれで嘘をつかれていた気分だし、『どう？　驚いたでしょ？』みたいなのも結局は押し付けのような気がするんだよね」

「そういう側面はあるかもしれない」僕も同意する。

「その人が驚くかどうかなんてさ、主観的なものなんだから、強要するのも変でしょ。しかも、サプライズなイベントを用意されたら、わたしたちはみんな、『驚いたよ。本当にありがとう』って感謝しないといけないんだから、理不尽《りふじん》だよ」

「でも、喜ぶ人もいるだろ。七十パーセントくらいの人は喜ぶんじゃないかな」

「そんなにいるかなあ」

「じゃあ、半分くらいは。知ってる？　不快指数が七十五以上だと、それはね、半数の人が不快に思う環境だ、ってことなんだよ。八十以上だと、ほぼ全員が不快」

「大友君はほんと、困った時は天気の話に逃げるんだね」

新郎の席に腰を下ろした清水は黙々と料理を食べていた。夢中になって、料理に手を付けている。後ろめたさや心配事を覆《おお》い隠すための行為にも見えなくもない。

僕は店内を見る。女性スタッフの顔を確認し、清水に不審な視線を送ったりしていないかどうか、窺った。

「おい、挨拶に行くか」左隣の先輩が声をかけてくる。「あいつもこの時間を持て余している」と。

はい、と僕はビール瓶《びん》を持って立ち上がり、清水に近づく。「美人の奥さんだなあ」と先輩は大きな声で言い、清水にビールを注《つ》いだ。清水はグラスに少し口をつけるだけだったが、「そう思いますか。そうなんですよ、美人なんです」と冗談まじりに、のろけた。それから僕に目を向け、「大友も今日はありがとう」と挨拶をしてくれる。いつも通りの言い方ではあるものの、いつもとは違う爽《さわ》やかさがあり、うっかり感動しそうになった。

ずいぶん必死に食事をしてる、と僕は指摘した。普通、新郎はもう少し、食事を自重《じちょう》するのではないか、と。清水は自分の皿に目を落とした後で、そこではじめて料理をほとんど平らげていることに気付いた様子だったが、「だって、食べないともったいないじゃないか。料理代はなかなか馬鹿にならないからな」と苦笑する。「それに、味はどうだ？　うまいだろ」

「うまい」先輩が力強く答えた後で、「どうやって、この店を見つけたんだよ。あ、そういえば、さっき、同じテーブルの子が言っていたけどな、おまえを表参道のレストランで見かけたらしいぞ」と、そのレストランの名前を口にした。

「一人で食べにいくことなんてあるのか？」

清水は、「ああ、レストランウェディングの店をどこにするのか、あちこち見て回ってましたから」と先輩に説明する。「たくさん回って、大変だったんですよ。こう見えて、意外に、地味な苦労をしてるんです」

「苦労と言っても、うまい料理を食ってただけだろ」先輩が言い、清水も笑う。

「どうしてそんなに、レストランにこだわったんだ？」僕はさり気なく訊ねる。

「ホテルの式場とかは考えなかったのか」

するると清水は平然とした様子で、「彼女がそれを望んだからだよ。俺は正直、ホテルでもどこでも良かった」と答えた。

明香里の話とは食い違っている。明香里曰《いわ》く、レストランウェディングにこだわっていたのは清水のはずだ。

「決め手は何だ」僕は清水を観察する。

「そうだな」と言葉を切った後で、「料理だ」と答える。一瞬、視線が横に動いたのが分かった。彼から見て、左手、僕たちからは右方向だ。ウェディングケーキが置かれている。シェフらしき男性が、最終チェックでもするためなのか、ケーキの脇にしゃがんでいた。

「ケーキが気になるのか？」僕は深く考えず、質問をぶつけると、彼は少し戸惑《とまど》いながら、「まあな。特別に頼んだやつだからな」と答えた。

それから不意に、「今日、唯一残念なのは、あいつが欠席という点だよな」と彼は言った。僕たちの学生時代からの友人、手品好きの彼のことだ。海外出張中でどうにもならなかったらしい。「披露宴で、俺の手品を披露したかった」と電報で送ってきていた。手品が使えるくらいなら、披露宴の出席くらいどうにかしろ、と言いたい。

それで大友、どうだ合コン席は。誰かと親しくなれそうか。清水が呑気《のんき》に言ってくる。


やがて新郎の清水も退出し、僕たちはのんびりと食事を続けた。同じテーブルの女性陣に話しかけるが、反応がいいのか悪いのかも分からなかった。しばらくすると司会者が、キャンドルサービスのはじまりを告げる。店内が暗くなり、ざわついていた店内もしんとなる。定番のこととはいえ、魅力的な瞬間だ。

「キャンドルサービスの時が最後のチェックポイントだからね」それも明香里か

らの事前の依頼だった。

「キャンドルサービスに、いったい何があるんだよ」

「ほら、キャンドルサービスって、わたしたちがあれを持って、あれってほら、火というかスティックというか、着火マンじゃなくて、聖火みたいな」

言葉を探す彼女は可笑《おか》しかったが、僕は面倒臭くて、「分かるよ。火をつけるやつだ」と言い切る。

「あれを持って、テーブルを回るでしょ。その順序に、玲君がやたらにこだわっていたの」

「順序?」

「ルートっていうのかな。こっち回りに巡っていくべきだ、とか」

「何か関係あるのかな、それって。風水《ふうすい》のようなもの?」

「風水はそんなんじゃないでしょ」明香里が怒った口調で否定する。「ただ、普通は気にしないことなのに、玲君がこだわったから、何かあるのかな、と思って」

ピアノの音色《ねいろ》が宙を跳《は》ねるような、軽やかな曲が流れ、司会者の声が響き、扉が開いた。照明の当たった清水と明香里は、この場の主役に相応《ふさわ》しい、華やかさを備えていた。衣装のせいもあるが、もともと二人とも整った顔立ちで、立ち姿も美しいからだろう。お似合いの二人だと、おそらくこの場にいる誰もが感嘆したはずだ。そこで僕が頭に描いたのは、雲のない快晴の空だった。爽快《そうかい》なくらいに、幸福に満ちた二人に見えた。ここに雨の降る気配はどこにもない。雲一つなく、影もない。

彼女の抱いた疑念はマリッジブルーに過ぎないのではないか。

今さらではあるが、その結論に辿《たど》り着く。結婚そのものよりも、このお披露目の式に対する緊張から、神経質になっているのかもしれず、そうであるのなら、これが終われば彼女の不安は消え、「わたしの考えすぎだったみたい」とあっさりと言い出すようにも思える。

途端に気が楽になった。肩の力を抜き、暗い中ではあるが、目の前の皿に乗った肉料理にフォークを伸ばす。

あちらこちらから拍手が上がった。火が灯《とも》るたび、カメラのフラッシュが焚《た》かれる。

「もしかして」という思いが浮かんだのは、彼らが、僕たちのテーブルに辿り着いた時だった。おめでとう、と手を叩き、二人を見る。カメラが光った瞬間、その向こう側にウェディングケーキが目に入った。

明香里から事前に聞いていた段取りを思い出す。キャンドルサービスのあと、新郎新婦はケーキの前に立ち、ロウソクに火をつけ、それから、ナイフに持ち替え、ケーキカットをやる。キャンドルサービスとケーキカットを一緒にこなすのは、段取りとしては異例に思えたが、彼らはそうしたかったらしい。

もしかすると、ケーキに仕掛けがあるのでは？

ふとそう思った。頭の中に、閃《ひらめ》きのロウソクなるものがあるのなら、それに火が灯った。

清水が、キャンドルサービスの際の歩くルートにこだわったのは、なるべくケーキが視界に入らぬようにしたかったからではないだろうか。明香里に見られると、仕掛けに気付かれる可能性があり、だから、歩くコースにこだわったのではないか。

となれば、あいつか？　頭の中の、閃きのロウソクがさらに炎を大きくした。

学生時代の友人だ。手品が得意だというあの男は今日、海外出張のため、電報を寄越《よこ》しただけだった。が、それが真実だとは限らない。実際には、出席しているのだとしたら?

「それだ!」と僕は今すぐ立ち上がり、「分かりました」と叫びたい思いに駆られた。あのウェディングケーキこそが、清水の仕掛けたサプライズなのだ。手品が得意な友人が今、ケーキの中に身を隠している。そして、清水と明香里がカットする時に、何か、驚きの演出を見せてくれるのではないか。どんな演出か。中から飛び出すのか、はたまた、ケーキをごっそり消すのか、もしくは、誰もがケーキ入刀に注目しているうちに、新婦の座席に大きな花を置く、といった趣向もありえる。

「今日は来てもらえて、本当にうれしかった。ありがとう」明香里がすぐ目の前で、友人たちに声をかける。テーブル中央に火が灯り、僕は大きく手を叩く。

今日を迎えるにあたり、昔、交際していた女性が、友人と結婚する披露宴の最中、いったいどんな気持ちになるのだろうか、と実は少し気になっていた。が、何てことはない、こうして幸せそうな二人を見れば、祝福の思いのほかは何もなかった。

テーブルを回り終えた二人は、右手前方のウェディングケーキの前に立つ。

「幸せの瞬間をぜひ、写真に収めてください」司会者の呼びかけにより、友人たちが席を立ち、ケーキの前に集まっていく。僕も腰を上げた。

盛大な音楽が鳴り、ケーキの上にあるロウソクに火がつく。そこから螺旋《らせん》階段状に並んだ小さなロウソクが順に灯り、拍手が沸いた。僕はカメラのシャッターを押し、何枚か撮《と》る。あちらこちらでフラッシュが焚かれる。

目を凝《こ》らし、ケーキやテーブルのあたりを眺め、何かが起きるのを待った。

そして、どうなったか。何も。

特に何も起こらなかった。


ケーキに仕掛けはなかった。

興奮していた自分が、馬鹿らしく、そして恥ずかしかった。この場で、酒のせいではなく、顔を赤らめていたのは、たぶん、僕だけだっただろう。

「清水の両親、ボロ泣きだな」隣の先輩が言うので、目を上げると、出入口近くに、新郎新婦と親御さんたちが並んで、立っていた。もう式は終盤も終盤、締めのイベントを残すのみだ。

並んだ五人をカメラで撮りながら、僕は少しずつズームにする。

清水の伯父さんと伯母さんが見える。ハンカチでずっと目頭を押さえ、泣いていた。伯父さんに至っては、口を大きく開け、子供が泣くようにしている。新婦側ではなく、新郎側が泣いていた。冒頭の新郎紹介の際に、清水と彼らの関係については説明があったから、この場にいる誰もがそれを見て、涙ぐまずにはいられなかった。

一方、明香里の母親は、感極《かんきわ》まってはいるのだろうが、奥歯をぐっと嚙《か》むような表情だった。小柄でありながらも、堂々としている。娘を一人でずっと育ててきた自負と力強さに満ちていた。船長さながらの強さだ。

そして僕はカメラを明香里に向け、液晶ディスプレイに映る彼女の表情に目をやった。あれ、少し変だ、とすぐに気付いた。どこか心ここにあらずの様子で、店内に視線を彷徨《さまよ》わせているのだ。何かを探しているのではなく、狼狽《ろうばい》を抑《おさ》えているようだ。

いや、これもまた例によって、考えすぎに違いない。自分に言い聞かせるが、ふと明香里が深刻な表情になり、横にいる清水の顔を眺めたのを僕は見逃さなかった。何か言いたげで、実際に唇が開き、動いた。何かを清水に問い質そうとしているのか。

ただそこで司会者が、「花嫁から、お母さんへのお手紙があります」と言ったため、明香里ははっとし、前を向いた。

用意されたマイクのところに立つ。

彼女はいったい、清水に何を確認するつもりだったのか。僕は気にかかる。

「この、花嫁の手紙っていつも泣いちゃうんだよね」僕の右隣のピンクのワンピースの子が口にした。

明香里は、どこか気もそぞろの様子に思えた。「お母さんに手紙を書くのははじめてです」と読みはじめたものの、それは文字を追っているだけにも聞こえる。「恥ずかしいけれど、正直な気持ちを書きました。二十九年間、今まで、本当にありがとうございました。小学生の時から、お母さんは一人でわたしのことを、女手一つで育ててくれて、とても大変だったと思います」

その明香里の声を聞きながら、僕は手元のデジタルカメラを操作する。撮ったばかりの画像に何か映っていないか、と期待したのだ。

キャンドルサービスでテーブルを回っている時には、明香里の様子はいつもと変わらなかった。晴れやかな表情をし、こちらのテーブルに来た際にも、「今日は本当にありがとう」と爽やかに挨拶をした。何かあったとすれば、ケーキカットのあたりではないか。

デジタルカメラの画面には、ケーキの前に立つ二人が表示される。映っている明香里は、少し下を向いていた。

ボタンを押し、一つ前の画像に戻る。清水が満面の笑《え》みで周囲のフラッシュに応《こた》えているところだ。一方の明香里は顔を上げ、どこか遠くを眺めていた。

どこを見ているのだ？　さらに、もう一つ時間を遡《さかのぼ》った画像を呼び出した。

同時に、マイクを通し、明香里の手紙を読む声も聞こえてくる。「わたしが熱を出すとお母さんはいつも看病してくれたけれど、今から考えるとたぶん、仕事を休むのだって、大変だったと思います。でも、お母さんが横にいてくれると本当に安心しました」

テーブルのあちらこちらで、涙ぐんでいる人がいるのが分かる。俺こういうの弱いんだよな、と隣の先輩までもが、ハンカチを取り出し、目を押さえはじめた。

「おかげで、玲さんという頼れる男性に出会うことができました。玲さんは、最初に会った時には、気取った二枚目で嫌な感じだなと思ったものの」

明香里の冗談に、ふわりとこの店が浮かぶかのような、柔らかさが生まれる。

「実際に付き合うと、気取った二枚目だけれど、優しい人だと分かりました」

また、店内に笑い声が湧く。

僕は手元のカメラをさらに操作する。画像の中の明香里は、ケーキではなく、別の場所を見て、目を丸くし、表情を強張らせていた。

これだ。

この時、何かを発見したのだ。

明香里の読み上げる手紙は、結びの部分に入っている。

「これからの長い道のり、どんなことがあってもふたりで力を合わせ、乗り越えていこうと思います。お母さん、温かく見守っていてくださいね」

オーソドックスで好感の持てる内容だ。テーブルにいる、明香里の友人たちも、うんうん、とうなずきながら手を叩く準備をしていた。小さく感動した人たちの熱のようなものが、周囲に広がる。

僕はカメラと店内を交互に見て、この画像の彼女の視線の先に何があるのだろうか、と位置関係を確かめる。ケーキの場所からずっと先を見ていたことになる。司会者だろうか。それ以外は、厨房しか見当たらない。

「あ、あと」と明香里の言葉が続いたのは、その時だ。

周りが静まる。

僕は顔を上げ、明香里を見た。顔は強張り、声にも緊張があった。もしや、と焦《あせ》りが生まれる。ここで清水を糾弾するかのようなことを言いだすのではないか、と。「おまえが浮気相手だな」と犯人に指を向ける名探偵さながらに、名前を叫び出すのではないか。

それはまずいぞ、と怖くなる。どうすればいいのか。

が、そこで彼女が発したのは、「今日の料理はとても美味しかったです」という、当たり障りのない、それこそ天気の話にも似た、感想だった。

きょとんとしているみなに構わず、明香里は続ける。「玲さんが、食べろ食べろ、というので披露宴の最中もたくさん、食べてしまいました。とても美味しかったです」

いったいどうして、感動的な手紙の最後にそんなことを言うのか、やはりこの晴れ舞台に舞い上がっているのか、と誰もが感じはじめたに違いない。僕もそうだった。

ただ、清水は驚いていた。口を小さく開け、それこそここにいる誰よりも、唖《あ》然《ぜん》としているのが見て取れた。そのことに僕は驚く。

料理が美味しいから、どうだというのだ。

左手の厨房に目をやれば、大仕事を終えて、手を休めた会場スタッフやシェフたちが、ちらほらと立っているのが見えた。

明香里の視線もその厨房のほうに向いている。そして、上擦《うわず》った声で次のように言った。

「わざわざ、わたしのお皿だけ、ニンジンを抜いてくれてありがとう。でも、もうさすがに、大きなニンジンも食べられます」

明香里は言い切ると同時に下を向いた。今度は、その隣にいる、彼女の母親が驚きの表情を浮かべた。

どういうことだ？　僕は困惑する。ニンジンがどうしてここで飛び出してくるのだ、と。

反射的に厨房の方向を見れば、シェフらしき男性が慌てて中に入っていくのが見えた。

ほかの人たちはみな、ニンジンも何か軽口だと解釈したのか、戸惑いながらも拍手を送った。

いったいどうなっているのだ。どういう意味なのだ。切れるとは言いがたい頭を必死に回転させた。

やがて、僕は、そうか、と呻く。

先ほど、僕のテーブルの女性が言っていた台詞《せりふ》が頭に蘇ったのだ。

「父親なら娘の花嫁姿は見たいんじゃないですか」

それだ。

清水はそれを叶《かな》えたかったのだ。

手紙を読み終えた明香里に、僕はひときわ大きな拍手をする。

◠

式がお開きとなり、みなが出口へと向かった。新郎新婦がドア付近に立ち、小さな菓子を手渡してくれるため、列を作る。

僕は最後尾に並んだ。列が進み、やがて、清水と明香里の前に立ち、お菓子を受け取る。そこで僕は唾《つば》を飲み込み、「とてもいい式だった」と伝えた。それから、彼の伯父さんと伯母さんが、親戚《しんせき》に呼ばれ、すっと離れたのを確認すると、「どうやって、見つけたんだ」と清水を突いた。「このレストランで働いていることを、どうやって調べたんだ」

清水は目を大きく見開いたのちに、「大友、おまえも分かったのか」とまばたきをした。「というよりも、何をどこまで分かったんだ」

「だって、彼女の最後の言葉は、あれはどう考えても不自然だった。考えたんだ。あの言葉は、料理を作った人へのものだ」もしかするとここで僕は、明香里と知り合いだったことを、どさくさに紛《まぎ》れて、告白すべきだったのかもしれないが、これ以上、状況を混乱させてはならないと思い、やめた。

すると横にいた明香里が、堪えてきたものが噴き出したかのように、涙を流しはじめた。「何で、教えてくれなかったの」と清水に問う。

「いやあ」清水が困ったように頭を掻《か》く。「本当は、ばれない予定だったんだ」と。

「ばれない予定？」

「ばれるくらいだったら、はじめから話せば良かったんだけれど。でも、こうするのが正しいかどうか分からなかったから」

「あの人を出席させたら、わたしが怒ると思った？」と脇から、にゅっと顔を出し、笑ったのは、明香里の母だった。

「いや、そうじゃないです」清水が慌てて、かぶりを振る。「最初、俺は、明香里のお父さんに結婚の挨拶をしたかっただけなんです。それで、明香里のお父さんのことを、そういう調査の会社で調べてもらって」

明香里の父親はシェフとなり、レストランで働いているのだと判明した。が、会いにいくとすでに、別の店に引き抜かれた後で、そちらに行けば、また別の店に移っていたのだという。清水はレストランを巡り、行方《ゆくえ》を捜《さが》したのだという。一人でレストランにいたのは、そのせいに違いない。

明香里が耳にした、電話の女性の声とは、その調査会社の担当者ではないだろうか。

僕は次々と、頭の中にあった、疑念の火を吹き消していく。

「明香里に前に、披露宴に父親は呼ばないのか、と訊ねたんだけれど、そうしたら、『居場所が分からない』『急に再会しても何を喋っていいか分からないから困る』『お母さんが嫌がる』と言ったんです」

清水の説明に、明香里の母親は笑い声を立てるが、怒った様子はない。

「とにかく、『呼びたくない』という答えではなかったのがずっと気になっていて。それなら、お父さんのレストランで式をやって、こっそり花嫁姿を見てもらう分にはいいかと思ったんです」

「彼女のお父さんは、どういう反応だったんだ」僕は口を挟《はさ》まずにいられない。

「そんな贅沢なことは言えない、と遠慮していたよ。ただ、俺は出席してほしかったんだ」

「どうして」明香里の母が訊ねる。

「せっかく、両親が生きているなら、ちゃんと結婚式に出席してほしい気がして」清水は言い、それから、少し離れた場所にいる、自分の伯父と伯母に目をやった。「うちは揃《そろ》っています」とはっきりした口調で言い切る。「だから、明香里の両親にも」

明香里が、父親のことに気付いたのはたまたまらしかった。ウェディングケーキの入刀の際、厨房のほうに目をやったところ、白い帽子をかぶった男性が大泣きしているのが目に入り、何事かと見つめているうちに、その男に父親の面影《おもかげ》を見つけた。啞然とし、頭は混乱したのだという。

清水がキャンドルサービスの経路にこだわったのは、厨房にいる彼に、その姿がよく見えるようにしたかったからだろうか。どうせならば、と色ドレスを着たところも見せたかったのかもしれない。

「不愉快だったらすみません」清水は、明香里の母親に向かい、頭を下げた。

「ただ、こっそり、お父さんに見てもらうだけのつもりだったんですけど、ちょっと」

「ちょっと?」僕と明香里の母親が同時に聞き返した。

「お父さんの演技が、思った以上に、下手でした」清水が顔を綻《ほころ》ばせる。

明香里の母親は肩をすくめるようにした。溜め息を吐いたが、それは不快感からではなく、愉快さが滲《にじ》むものに感じられた。

しばらく誰も喋らぬ間《ま》が空くが、少ししてから、明香里の母親が、「後で、厨房のところを覗《のぞ》いてみようかな」と言った。「調理師免許を持っているのは知っていたけれど、結婚していた頃は、家で料理なんてしてくれたことなかったんだから」

借金で自己破産をして、一からやり直したのだろうか。離婚後の、明香里の父親の人生を考えようとし、僕は途方に暮れる。部外者には想像もつかない苦難満載の日々だったはずだ。

明香里はさらに強く泣きはじめる。感動とも感激とも感謝とも異なる思いからだろう。清水の優しさに心を打たれたというよりも、思いもしないことが起きた驚きに、心が揺れているのではないか。

見ているうちに、僕は、自分の頬が湿っていることに気付いた。

「おい、大友、おまえがそんなに泣いてどうするんだ」と笑う清水も泣いていた。

「え」

「いくら、俺が感動的なことをやったからって、おまえが泣く必要はないぞ」清水は目尻を拭《ぬぐ》い、指を向けてくる。

「馬鹿なことを言うな。俺は泣いていない」

「泣いてるじゃないか」と言う清水は、女性と奔放《ほんぽう》に付き合っていた頃の、調子が良いだけの彼とは違って見えた。

その場のほかの者たちが、泣いている僕たちを、不思議そうに眺めているのが分かるため、早く涙を止めなくてはと思うのだが、なかなかうまくいかない。

「いいか、これは」僕は答える。「小雨みたいなものだ」

清水と明香里が笑う。

恥ずかしさを隠すために、「気象庁が」と続ける。

気象庁が、「激しい雨」と言う場合、一時間に三十ミリ以上五十ミリ未満の雨のことを指し、「非常に激しい雨」は一時間に五十ミリ以上のことだ、そして八十ミリ以上は、「猛烈な雨」と呼ばれるのだ、と。

〈参考文献〉
『世界史を変えた異常気象　エルニーニョから歴史を読み解く』田家康著　日本経済新聞出版社
『今日からモノ知りシリーズ　トコトンやさしい気象の本』入田央著　日刊工業新聞社
『異常気象を知りつくす本』佐藤典人監修　インデックス・コミュニケーションズ
『ウェザーリポーターのためのソラヨミハンドブック』アスペクト編集部編　アスペクト

Yukihisa Yamamoto

天使

山本幸久

福子《ふくこ》の朝は早い。五時には起きてしまう。昔はちがった。昼前まで寝床《ねどこ》から離れることはなかった。五十代のなかば、昭和のおわりに大病を患《わずら》い、長い病床《びようしよう》生活のうちに早起きが身についてしまったのだ。七十七歳という高齢のせいもあるかもしれない。

起きてからすぐ、住まいであるアパート周辺を軽く歩く。昔は走っていたが、七十歳を越えてから無理はしないようにしている。仕事に体力づくりは大切だ。しかしそれで怪我《けが》をしたら元も子もない。救ってくれるひとはだれもいないのだ。頼れるのは七十七歳の自分独りである。

あと数日で十二月だが、やけに肌寒い。吐《は》く息は白い。出がけにテレビで見た天気予報では、今日は一月上旬並みの冷え込みで、雪になるかもしれないと告げていた。

夜明け前の町を歩いていると、きらきら光り輝く家を数軒見つけた。クリスマスの電飾《でんしよく》だ。ほんの十年前まではこんな家は滅多《めつた》になかったように思う。

クリスマスか。

福子にとっては憂鬱《ゆううつ》な時期だった。だれもかれも楽しそうにしているのが気に入らない。それぞれ事情を抱《かか》えているのはわかる。人前で見せる笑顔は束《つか》の間《ま》か、あるいは偽《いつわ》りかもしれない。それでも福子より幸せだ。見ていると辛《つら》い。苦痛ですらあった。

クリスマスが苦手なのはもうひとつわけがあった。師匠《ししょう》であった一つ目金治《きんじ》の命日が十二月なのだ。亡くなってから半世紀近くになる。ふたりで暮らしていた時期の倍以上だ。にもかかわらず、近頃はとみに金治のことが思いだされる。夢にもよく見た。

そろそろお迎えにくるつもりなのかもしれないな。

アパートに戻ってから朝風呂に入る。お湯に浸《つ》かりながら、今日の計画を立てるのが日課だった。町はどこもクリスマス一色だろう。かといって外出しないわけにはいかない。人混みは福子にとって仕事場なのだ。

ひさしぶりにショッピングモールへいこう。

バスで十分ほどの場所である。二十世紀には車かなにかの工場だった敷地が、二十一世紀になると更地《さらち》になり、数年前、巨大なショッピングモールができた。

三階建てで南北に細長い。北端《ほくたん》に大型電気店、南端にスーパー、そのあいだを二百もの専門店が並んでいるつくりだ。歯医者や美容院、ペットショップまであった。その端《はし》から端までうろつき、自らの技を存分に発揮して、年越しの餅《もち》を買えるくらいには稼《かせ》ごうと考える。目標額は五万円。最低でも五人、もしかすると七、八人から掏《す》らねばならない。

福子はこの道六十六年になる掏摸師《すりし》だった。

独り住まいなのだから、素《す》っ裸《ぱだか》で歩いていてもかまわないのだが、それでも風呂からでれば、からだにバスタオルを巻く。豊満《ほうまん》だった胸はない。二十年前、大病の治療で手術を行った際、二つとも切り取られてしまった。順調に回復したのちに月のものも訪れなくなった。

天使には男も女もねぇんだと。

下着を穿《は》きながら一つ目金治の言葉を思いだす。

そうだ、今日は映画を見よう。

ショッピングモールには映画館まである。しかも大小あわせて十二もの劇場があった。若い時分は映画館も仕事場のひとつだった。ひとが集まるところはどこでも仕事場になる。その頃の映画館はどこも満席どころか、入り口のドアを締めることもままならないほど混んでいたものだ。休日に限らず平日の昼間でもそうだったように思う。一仕事済ませてから、映画を見るときもあった。

三十を過ぎた頃からは、映画館で仕事をするのは難しくなってきた。いや、もう少しあとだったか。テレビが普及してきたおかげで、映画館からひとの足が遠のいてしまったのだ。空席ばかり目立つところでは仕事ができるはずがない。やがて福子も映画館を訪れなくなった。

それが今年に入り、ここの劇場のひとつで、スティーブ・マックイーンの主演作がかかっているのを知った。懐《なつ》かしの名作と呼ばれる映画が毎週一本ずつかかっていたのだ。朝十時から一回のみの上映である。とりわけスティーブ・マックイーンが好みだったわけではない。それでも懐かしく思い、見ることにした。

券を買い求める際、しゃれた制服を着た係の男の子に、席を選んでくださいと言われたのには面食らった。

「いつからそうなったんですの?」と思わず訊《たず》ねてしまったくらいである。

「当館はオープン以来、このシステムをとらせていただいております」

ハキハキとした答えが返ってきた。オープン以来といってもたかが三、四年のことだろう。彼に席を選んでもらい、劇場に入ったのだが、場内はガラガラだった。それなのに、観客は真ん中あたりの席に行儀よく並んでいた。みんな自らの意思ではなく、福子とおなじに係の子にその席を勧められたようだ。はじめからそのつもりはなかったにせよ、いよいよもってこれでは仕事はできない、と福子は思った。

その後、懐かしの名作を見に、幾度《いくど》か通っている。見ているうちに、ああ、この映画なら筋《すじ》を知っているわ、と気づくこともたびたびあった。

映画館でもらってきたチラシで、今日、上映する映画をたしかめた。聞いたことのない題名だ。それから察するに甘ったるい恋愛もののようだ。主演女優はフランク・シナトラの奥さんだったひとだ。

洗濯や掃除《そうじ》をしたのち、朝食を済ますと、じきに九時だった。化粧《けしょう》を丁寧《ていねい》に施《ほどこ》し、高くはないが高級感のある服を身にまとう。あとはコートを羽織るだけというところで、食器棚の引き出しから千枚通しを取りだし、右手に握りしめた。ふつうのよりも針が長く柄《え》が太い。

食卓の上に左手を大きく開いて乗せ、千枚通しの先を左手の親指の外に置く。小さく深呼吸をしてから、千枚通しで左手の指のあいだを突いていく。親指の外から親指と人差し指のあいだへ、また親指の外へ、つぎに人差し指と中指のあいだへ、といった具合にだ。ものの二秒もかけずにおわらせると、千枚通しを左手に持ち替え、右手を食卓の上に置く。今度は深呼吸もせず、一気にやり遂《と》げる。

それから福子はスカートをたくしあげた。右脚《みぎあし》の太腿《ふともも》に福子お手製のフォルダーがつけてある。それに千枚通しを差し入れた。護身用だ。万が一のために常備している。若い時分には幾度か使った。捕まりかけて、警官の太腿に刺したことが一度だけある。満員電車の中、痴漢《ちかん》をしてきた莫迦《ばか》の手の甲を刺したこともあった。だが最近は使う機会はなかった。それでも備えあれば憂《うれ》いなしだ。

「あん、もう」と癇癪《かんしゃく》を起こした振りをして、福子は右手にあったボールペンをその場に落とした。もちろんわざとである。拾いかけてまた落とす。ボールペンはカウンターのむこうへ消えていった。万事計算通り。それから「あ、あああ」と哀《あわ》れみを誘う情けない声をだす。

「どうかなさいましたか」

目の前に五十歳前後の女性があらわれた。さきほど接客をしてくれた感じのいい店員だ。パートかもしれない。胸につけた名札には『轟《とどろき》』とある。彼女は腰を屈《かが》めて、落ちたボールペンを拾い、福子に差しだしてくる。だが福子はそれを受け取らないでいた。

「ごめんなさい。じつは私、持病《じびょう》がありましてね。ときどき」福子は右手をかざした。小刻《こきざ》みに震《ふる》わせながらだ。「こうなってしまうんですよ」

「まあ」轟さんは眉間《みけん》に皺《しわ》を寄せた。「それはいろいろとご不自由でしょう?」

「一、二時間もすれば治るんですよ。でもこれ」福子は視線を落とした。そこには宅配便の伝票があった。送り先の宛名《あてな》を途中までしか書いていない。「どうしましょう」

「私がお書きしましょうか?」

「よろしいんですか」

「ええ、どうぞ。あ、ちょっとお待ちくださいね」

轟さんは書き損じた伝票を下げ、新しいのをカウンターの下から取りだすと、ボールペンを構えた。

「ではまず送り先から」

福子は口頭《こうとう》で伝えた。轟さんは一文字ずつ確認しながら慎重《しんちょう》に明記していく。

「これで間違いございませんか」

福子は右手を左手で支えながら、伝票に目を落とす。

「まぁ、きれいな字ですこと」

嘘《うそ》ではない。じつに達筆《たっぴつ》だった。

「私、ペン字一級なんです」

轟さんは恥ずかしそうに、それでも少し誇《ほこ》らしそうに言った。

この世には意外なところに意外なひとがいるものね。「間違いございませんわ」

「ではつぎにお客様のお名前とご住所をお願いします」

都心の、住んだこともなければ、足を踏み入れたこともない町の名を言う。丁目や番地は出鱈目《でたらめ》だ。

「名前は主人のでよろしくて?」

「ええ、どうぞ」

福子は結婚したことはなかった。これからもする予定はない。七十七歳では、運命のひとと出逢うにはいかんせん遅過ぎる。轟さんに告げた名前は大昔、福子が子供の頃に活躍していた映画俳優の本名だ。もちろんとうの昔に鬼籍《きせき》に入《い》っている。

「お届けは?」

「明日の午前中でお願いしますわ」

轟さんは伝票のいちばん上の差出人控を切り取り、二つ折りにすると、小さな白い封筒に入れた。流れるような手際《てぎわ》のよさだ。

「ありがとう」左手で封筒を受け取ってから、福子は深々と頭を下げて礼を言う。

「右手、よくなるといいですね」

轟さんに言われ、思わず胸がじんとする。若い頃はこんなことはなかった。自分の嘘に騙《だま》される相手を莫迦にしていたものだ。だがいまはちがう。

天使
山本幸久

おれたちはな。ひとの幸せをかすめ取って生きているんだ。感謝の心を忘れちゃならねぇぞ。

一つ目金治の教えだ。酒癖は悪くなかったが、酔うと繰《く》り言《ごと》が多かった。この教えも何百、何千遍も聞かされたものだ。当時は適当に聞き流していたものだが、年を取るにつれ尤《もっと》もだと思うようになった。

さてこれからどうしよう。

ここは巨大なショッピングモールの中だ。福子は南端のスーパーの三階にある玩具《おもちゃ》売り場にいた。親子連れで溢《あふ》れ返っている。騒々しいこと、このうえない。子供は苦手だ。産んだこともなければ、もちろん育てたこともなかった。

朝の十時から見た映画は面白かった。題名から予想したような甘ったるい恋愛ものではなかった。ある男が妻の行動を不審に思い、彼女の追跡調査を探偵に依頼する。その妻がフランク・シナトラの奥さんだった女優だ。だれかが殺されたり、誘拐《ゆうかい》されたりはしなかった。なぜだか妻と探偵がなかよくなってしまう。といって情事に耽《ふけ》ったりはせず、それどころか言葉も交わさずに街中を恋人のごとく歩きまわるだけだった。それでもじゅうぶん楽しめた。

映画を見たあとは、ひとに親切にしてあげることができる。おもしろい映画であればなおさらだ。福子は玩具売り場で買い物をし、それらを昔の知り合いの元へ送る手配を済ませたところだ。

自分で宛名書きをしなかったのは、筆跡や指紋《しもん》が残るのを用心したからである。福子は警察に三度ほどお世話になっていた。もし相手に迷惑をかけることになったら申し訳ない。いや、じつはそれよりも、自分が掏摸師だと相手にばれるのが怖《こわ》いというのが本心だった。

玩具売り場から抜けでようとしたときだ。視界の端に見知ったひとが見えた。二十代なかばの若い女性だ。背が高くひょろっとした彼女は、灰色のニット帽を被《かぶ》り、濃い緑色のコートを着ていた。呑気《のんき》そうにしているくせして目つきが鋭い。福子は彼女を知っている。名前は知らない。その背格好《せかっこう》からオリーブとあだ名をつけていた。

保安員である。この巨大ショッピングモールに通っているうちに、どんな保安員がいるのかも把握《はあく》できていた。どれだけ客の中にとけ込もうとしても、目つきや仕草《しぐさ》で一目瞭然《いちもくりょうぜん》である。わからなければ満足に仕事ができない。なにしろ福子にとって天敵なのだ。保安員だと見当《けんとう》をつけた相手のあとを追い、『関係者以外立ち入り禁止』のドアへ消えていくところや、万引きの現場を取り押さえている瞬間を直《じか》に目にすることがあった。

　まさか私を？　いや、そんなヘマをしたおぼえはない。でも。

「パパ、こっちだよ、こっちっ。早く早くっ」

「こら、待ちなさい。タカシ。走ると危ないぞ」

　五、六歳くらいの男の子が走ってきた。よそ見をしているせいで、福子に直進していることを本人はわかってないようだ。

「とまるんだっ」

　茶髪《ちゃぱつ》で紫色のダウンジャケットを着た男が、タカシくんのあとを追いかけてくる。福子は咄嗟《とっさ》に避《よ》けた。いや、避け損ねた。どんっ。タカシくんが右の腰に当たり、バランスを失った福子は尻餅をついてしまった。あやうく商品棚に倒れ込むところだった。

「なにやってるんだ、おまえは」立ち尽くすタカシくんの頭を茶髪の男が叩《たた》く。

「すいません、ほんとに」

そう詫《わ》びながら彼はその場に立て膝《ひざ》をつき、倒れたままでいる福子に左手を差し伸べてきた。右手の動きがおかしい。その細く長い指が、福子のハンドバッグの口を開けている。なかなか巧《たく》みな技だ。ふつうのおばあさんなら、いいカモになっていただろう。

「おばあちゃん、ごめんなさい」

タカシくんが声をかけてくる。ハンドバッグから福子の気をそらそうとしているのだ。しかも男の右手が周囲のひとに見えぬよう、覆《おお》い隠す位置に立っていた。見事な共犯者である。

そうはいかないわよ。

福子は男の下半身に目をむける。ジーンズのポケットは前も後ろも膨《ふく》らんでいた。財布《さいふ》は左後ろで、チェーンはついていない。好都合だ。

「いいのよ。気にしないで」福子はハンドバッグを引き寄せ、胸にしっかり抱えてから、ゆっくり腰をあげる。男の顔に焦《あせ》りの色がでる。「坊やも気をつけてちょうだいね」

茶髪の男もいっしょに立ちあがった。まだ諦《あきら》めてはないようだ。それが彼自身に隙《すき》をつくっている。じつに案配《あんばい》がいい。福子は胸の内でほくそ笑《え》む。右手の指がよろこんでいるのがわかった。技をお披露目《ひろめ》できるからだ。

「痛っ」

福子は右膝を落とす。茶髪の男が両手を差しだし、福子を支えようとした。狙った以上に理想の体勢である。神様が味方についているようだ。

「だいじょうぶですか」

「え、ええ。ごめんなさい。もとから膝が弱くって」

そう答える福子の右手にはすでに茶髪の男の財布が握られている。すかさず自らのコートの袖へ放り込み、落とさないよう肘《ひじ》を曲げた。

タカシくんが顔を覗《のぞ》き込んでくる。本気で心配をしてくれているようだ。

フクねぇちゃん。

福子の脳裏に昔の記憶がうっすら浮かびあがる。終戦間もない頃、戦災で家族を失った福子は、似たような境遇《きょうぐう》の子供達とつるんで窃盗《せっとう》を働いていた。そうしなければ生きていけなかったのだ。タカシくんくらいの歳の子も数人いた。その子らから福子はフクねぇちゃんと呼ばれていた。あれから六十年以上経つ。

まずい。茶髪の男の肩越しに轟さんが見えた。制服姿の警備員を引き連れ、こちらへむかってきている。オリーブも立ち止まってこちらを窺《うかが》っていた。

タカシくんは「パパッ」と男のダウンジャケットの裾《すそ》を力強く引っ張った。

「あん？　どう」した、と最後まで言い切らないうちに、彼も轟さんの一群にハッとする。そしてタカシくんの手を握り、「失礼しましたっ」と言い残してその場を駆け足で去っていった。

「どうしました？」

ひとり残された福子に、轟さんが話しかけてくる。

「ちょっとした接触事故ですわ」

つとめて明るく言い、満面の笑みを浮かべる。丸顔なのでどう笑ってもひとがよさそうに見えるのを、自分でもよくわかっている。歳を重ねるごとに効果が増してきた。

「お怪我はありませんこと？」

茶髪の男とタカシくんが下りのエスカレーターに乗るのを、福子は確認した。

「ええ。たいしたことありません。私がぼんやりしていただけのことですわ」

「なんでしたら医務室でお休みになられたら」

「そんな大げさな」福子は高らかに笑う。「ほんとにだいじょうぶですのよ。ご心配かけて申し訳ありません」

☻

浪川隆夫《なみかわたかお》。

それが茶髪の男の名前だった。まちがいない。財布の中にあったビックカメラやヨドバシカメラ、それにサクラヤ、ツタヤ、イトーヨーカドーなどのポイントカードの裏にすべて明記されていた。歯科に眼科といった病院の診察券にもだ。三枚ある銀行のキャッシュカードにはナミカワタカオとあった。タカオの息子がタカシか。いや、本名で呼んでいたかどうかはわからない。さらに財布の中をさぐる。だれの財布もそう変わらないものだ。飲食店のサービス券が何枚もあったが、これも他のひととおなじように、半数以上は期限が切れている。なにより財布を分厚くしているのは、キャバクラだかどこだかの女の子からもらった名刺だった。

私から金を奪い、こんなところへいくつもりだったのかい。やんなっちゃうね。

福子は軽く舌打ちをする。いまいるのは女子トイレの個室だ。玩具売り場とおなじ三階である。蓋《ふた》をした便器に座り、戦利品をたしかめていた。

「ろくでもない男ばっかでさぁ」「チョーサイテー」「時間の無駄《むだ》だったわよねぇ」「でもほら、石油会社の彼なんかは」「うっそ、あんなのシュミなわけ」「ちがうわよ、そうじゃなくて」

若い娘達の声が聞こえてくる。ひどくハスッパな言葉遣いだ。笑い声にも品がない。聞いているだけで胸くそが悪くなる。

福子も昔はそうだった。だがそれはやむを得ない。そうした口の利き方をしなければ、生きていけない環境でもあった。しかし彼女達はちがうはずだ。幸せな家庭に生まれ育ったにちがいない。少なくとも戦災で両親を失ったり、掏摸で生計をたてていたりはしていないはずだ。なのにどうしてあんなしゃべり方なのだろう。不思議でならない。

天使
山本幸久

おなじ境遇の子供達と窃盗を働いていた時期は、そう長くはない。ほんの半年ばかりだったように思う。最後は呆気《あっけ》なく訪れた。ある日、夜に忍びこんだ店の倉庫で、待ち伏せしていた警察に仲間の大半が捕まってしまったのだ。福子は命からがら逃げだした。

数日後、ひとりで引ったくりを試みたものの失敗《しくじ》ってしまった。鞄《かばん》を奪い取ろうとした瞬間、その相手にいともたやすく捕まり、地面に顔を押し付けられていた。狙った相手は、背後から見たところ髪に白いものが目立っていたので、老人かと思いきや、四十歳前後の中年男性だった。彼は福子の首根っこを捕まえ、引きずり歩かせた。警察に連れていかれるのかと観念したものの、行き着いた先は中華そば屋だった。男は一つ目金治と名乗った。彼は右目にアイパッチをしていた。戦時中は徴兵《ちょうへい》によって、南方の戦地へたびたび赴《おもむ》き、その何度目かで右目を負傷したのだと言う。

「おれは運が強《つえ》ぇんだ。目ぇひとつ失っただけで戦場から帰ってこられたんだからな」

福子に中華そばを食べさせながら、金治はそう言った。説教を聞かされるのかと思ったが、どうも具合がちがう。つぎに彼はどこからか千枚通しを取りだした。それを右手に握ると、自分の左手を大きく広げ、テーブルに置いた。そして目にもとまらぬ速さで、左手の指のあいだに千枚通しを移動させた。それが済むと今度は千枚通しを左手に持ち替え、右手でおなじことをやってみせた。

「たいしたもんだろ。おれはこれを練習したわけじゃねぇんだ。はじめからできたんだ。それでも一度だって、指を突いたことがねぇ」

どうやら運が強いという証明だったらしい。金治は千枚通しをしまい、「ちょっとついてきな」と言った。

中華そばの店をでて、しばらく町を歩いた。今度はどこに連れていかれるのだろうかと不安だったが、他にいくところもないので、おとなしく金治のあとを追った。彼は好んで人混みに入っていく。見失わないようについていくのは、なかなか骨だった。

十分もしないうちに、一つ目金治は人通りの少ない小路へ入り、そこで立ち止まった。

「どうだった？」

得意げに言われたものの、なにがどうだったのか、福子にはさっぱりわからなかった。戸惑《とまど》っていると、一つ目金治はうれしそうにコートの内側に手を入れ、財布をとりだした。ひとつではない。三つもでてきた。いずれも彼のものではないくらいはわかる。

「それってもしかして」

「中華そば屋からここへくるまでのあいだ、道行くひとから拝借《はいしゃく》したものさ」

いつの間にそんな芸当を？　福子はにわかには信じられなかった。

「ひとの物を盗むにも、技ってもんが必要なんだ。よかったらその技を教えてやってもいい。おれは一つ目でもひとを見る目はあってな。おまえはぜったいモノになるはずだ。どうだ？」

断る理由はなかった。渡りに船と言える条件だ。福子はうなずき、「よろしくお願いします」と頭を下げた。

「まだ名前を訊《き》いちゃなかったたな。なんていう？」

福子は名字と名前をはっきりと言ったのだが、金治は「フクオか。幸福の福に夫か？　それとも男か？」と聞き返してきた。

ひとを見る目があると言っておきながら、金治は福子を男と思い込み、女と見抜けなかった。それもやむを得ない。福子は常に男の格好をしていた。着る服がなかったこともあるが、なにより女だとわかると危険にさらされることが多かったせいだ。口調も男のように荒っぽくし、できるだけ野太い声でしゃべるようつとめていた。そうしているうちに、やがてそれが地声になってしまった。

「オは男です」

「福男はどこか決まった寝床があるのか」

「い、いいえ」

「だったらおれん家《ち》にこい。トタン屋根のバラック小屋だが、雨風は凌《しの》ぐことができる。男ふたりじゃ、ちょっと狭いが、なぁに、ふたりで稼げるようになったら、どこかべつのとこへ移ろう。それまでしばらくの辛抱《しんぼう》だ」

女だとばれたのは、半年以上ものちのことだ。

その日、上野界隈《かいわい》で金治と仕事をしていたのだが、一日、気分が優《すぐ》れなかった。ふたりで住むトタン屋根のバラック小屋へと帰ってから、ふたりでその日の稼ぎを勘定《かんじょう》している最中だ。

「どうした、フクオ」

金治が慌《あわ》てだした。自分でも知らないうちに、福子のズボンが血に染まっていたのだ。

「どこか怪我でもしたか。それで具合が悪かったのか」

ちがった。それは初潮《しょちょう》だった。恥ずかしさを堪《こら》えながら、十三歳の福子は説明をしなければならなかった。

「フクオ、おまえ、女だったのか」

トイレの個室で、七十七歳の福子は声を忍ばせ笑った。思いだし笑いだ。自分が女と知ったときに見せた、一つ目金治の呆気にとられた顔を思いだしたのである。おれに任せろ。彼はそう言ったかと思うと、バラック小屋を飛びだし、夜中遅く、どこから調達してきたのか、赤飯《せきはん》を持って帰ってきた。

「いまのおれにできるのは、これくらいしかないんでな」

金治は恥ずかしそうに言った。うれしかった。うれしくて十三歳の福子は涙を流した。さらに彼はある告白をした。

「おれも男じゃねぇんだ。おまえみたいに女でもない」そう言うと自分の股《また》ぐらに右手を当てた。「ここにあったものも、右目と同様、南の島に置いてきちまったのさ。だから安心しろ。これからさき、おまえがどれだけイイ女になろうとも手をだすような真似《まね》はしねぇ。嫁にいくまでは大切に育ててやるからよ。万が一、おれが妙なことをしようとしたら、こいつを使え」金治は千枚通しを取りだし、その先を顎《あご》の下に当てた。「ここを突けばどんな野郎だって確実に死ぬんだ。嘘じゃねぇ。戦地で本物のヤクザから教わったことだ。躊躇《ちゅうちょ》はするな。一撃で決めろ」

さらにのち、金治はこんな話をしたこともあった。

「今日、ひとが話してるの聞いたんだけどよ。天使には男も女もねぇんだと。ってことはだ、さしずめこのおれも天使ってぇことになるよな」

いまの私も天使だよ、金治さん。病気で胸を失い、月のものもとうの昔にこなくなっちまったからね。

ハスッパな女達はいなくなった。トイレの中は静けさを取り戻す。福子は現金を数えだした。意外にも多い。万札が三枚に五千円札が二枚、千円札が八枚に百円玉二枚、十円玉二枚、一円玉が、一、二、三枚。うれしかったのはスイカが入っていたことだ。もちろん食べるスイカではない。お金がチャージできるカードのほうだ。

掏摸取った財布からは多い少ないにかかわらず、だいたい半分くらいを拝借する。それが福子のルールだ。しかし今回はちがう。なにしろ同業者である。福子は五千円札二枚と小銭を残し、残りの現金はぜんぶ戴《いただ》くことにした。スイカもだ。

ふだんであれば、財布は「落とし物ですよ」と受付に預ける。しかし同業者の、それも自分をカモにしかけた相手に、そこまで親切にしてやる必要はない。

浪川の財布はタンクの下に置いた。気づきにくい場所である。だがまるで見えない位置でもない。だれかが見つけて届けてくれるか、あるいは残りのお金を抜き取られてしまうか。それは時の運だ。

福子は水を流し、個室をでた。

☻

「この椅子《いす》、いいですかぁ？」

赤ん坊を抱えた若い女性が声をかけてきた。彼女はすでに福子の真向かいにある椅子に手をかけている。

「どうぞ」肉を頬張《ほおば》りながら福子は答えた。

「ありがとうございます」

礼を言い、女性はふたつむこうのテーブルへ椅子を運ぶ。そこには三人の子供がいた。いちばん大きい子が十歳になるかならない程度、二番目が七歳前後、三番目が四、五歳といったところである。みんな男の子で顔がそっくりだった。着ているものも似通っている。まるでマトリョーシカだ。

「ママ、ラーメンまだぁ」「まだよ」「お兄ちゃん、ずるぅいぃ」「うるさいな」

「ふたり喧嘩《けんか》しないの」「ママ、アイス食べたい」「あとってお約束したでしょ」

「だってママ、お兄ちゃんが」「それよりあなた、トイレだいじょうぶ？」「平気ぃ」

トイレからでてしばらく歩いているうちに、空腹を感じた。お昼がまだだったのである。一仕事する前に、お腹《なか》を満たせておかねばと思い、南北に長いショッピングモールのほぼ中央の、二階にあるフードパラダイスなる場所へむかった。ファーストフードをはじめ、うどん、そば、たこ焼き、ラーメンなどの飲食店が十以上、屋台のごとく軒《のき》を並べている。

昼時を過ぎていながら、数多《あまた》あるテーブルのほとんどは埋まっていた。カップルや親子連れ、十代なかばの同性同士のグループなどで一杯だ。ひとりの客などそうはいない。しばらくうろつき、どうにか空席をひとつ見つけることができた。そこに上着を置き、ペッパーランチでサービスステーキの二百五十グラムを注文した。

七十七歳のいまでも歯は丈夫だった。さすがに毎日ではないが、仕事をする前は必ず肉が欲しくなる。昔からの習性だった。肉を食べたあとだと、神経が鋭くなり、勘も冴《さ》えてる。顎を動かすと脳が活性化されるようだ。根拠などない。気のせいと言われたら、それまでだ。

ものの十五分もかけずに、福子はサービスステーキを空にした。一服したいところだができない。ショッピングモール全体が禁煙なのだ。生きづらい世の中になったものだ。長生きなどするものではないと、しみじみ思う。

ふと顔をあげると、高校生らしきカップルが福子を睨《にら》んでいる。

食べおえたなら、さっさとそこをどけ。

年寄りに対する敬意や思いやりなど、かけらもなかった。

椅子はひとつだけである。べつのところから借りてくるのかもしれない。あるいはふたりでひとつの椅子に座るつもりなのか。なんにせよ福子には関係ないことだ。

いま退《の》くよ。ひとの恋路を邪魔するほど野暮《やぼ》じゃないからね。

ハンドバッグを左肘に下げて、空になった食器が載ったトレイを持ち、福子は立ちあがった。

☻

喫煙《きつえん》室はフードパラダイスの一角にあった。その狭さといったらなかった。福子の住まいは1DKだが、それと変わらぬほどだ。四方はガラスで丸見えだ。自分が珍獣にでもなった気分で落ち着かない。

ガラスのむこうの幸せな光景を見るのはうんざりなので、福子は喫煙室の内側にからだをむけていた。だれもが所在なげに煙草《たばこ》の煙を燻《くゆ》らせていた。喫煙者というだけで、ひとつところに追いやられているその姿は、悲哀《ひあい》に満ちてさえ見える。自分もその仲間だと思うと、気が滅入《めい》ってくる。

福子がくわえているのはショートピースだ。もとは一つ目金治が愛飲《あいいん》していた。おまえも試しにどうだ、と譲ってもらったのがはじめである。二十歳《はたち》どころか、十五歳にもなっていなかったはずだ。

こん、ここんこん。

背中でガラスを叩く音がする。煙草を手にした人々が福子のほうをむく。ふりむくとガラスのむこうにタカシくんがいた。その目は福子を見上げている。驚いたものの、それを顔にだすような真似はしない。タカシくんが小さな手で手招きをしていた。

「こんにちは」

喫煙室からでた福子に、タカシくんはぺこりと頭を下げた。

「お父さんは？」と訊ねたところ、タカシくんは少しばかり嫌な顔をした。

「パチスロ、やってます」

パチスロ？　財布がないのに、どこにそんなお金があったのだろう。

「今朝、買ったICカードは、財布とはべつにダウンジャケットのポケットに入れてあったんです」

福子の疑問を察したかのように、タカシくんが答える。見た目とはちがい、その話し方は大人とほとんど変わりがない。

「私がここにいるって、どうしてわかったのよ」

「匂《にお》いです」タカシくんは右手の人差し指で鼻の頭を軽く叩いた。「おばあさんにぶつかったときにタバコの匂いがしたので、それで。タバコ、吸っていいとこ、ここしかないから」

迂闊《うかつ》だった。福子はあやうく舌打ちをしそうになった。

「私にどんな用？」

「しらばっくれないでください」タカシくんは口を尖《とが》らす。「アイツから財布をとったでしょう？」

天使
山本幸久

パパではなく、アイツか。

「莫迦言わないで。証拠は？」

「ぼく、見てました。あなたはアイツのここから」タカシくんは自分のお尻の左側を叩いた。「財布をとると、ヒジを曲げて、コートに入れたじゃありませんか」

一部始終丸々見られていたのか。私の腕もだいぶ錆《さ》びついちまったものだね。

なによりはじめに、この子が走ってきたのを避けきれなかったのが、だらしがなかったよ。歳はとりたくないものだね。

「返してください。アイツの財布」

タカシくんはつぶらな瞳《ひとみ》で福子を見上げた。

フクねぇちゃん。

ふたたび窃盗仲間だった子供らが脳裏をよぎる。

「ここにはないわ」

「だれかに渡したんですか」

「仕事はいつもひとりよ」

なに言ってるんだ、私は。

福子は自分の軽卒《けいそつ》さに呆《あき》れた。掏摸師だと認めたようなものだ。

「おばあさん、プロなんですね。そりゃそうだよな。あんだけすごい技持ってるんだもんな」

タカシくんは目を輝かせ、賞讃の声をあげる。長年憧《あこが》れていたヒーローにでも会ったかのようだ。福子はいささか照れくさくなった。

「じゃあ、あの、アイツの財布はどこに?」

「財布が戻らなければ、きみはあの男になにかされるの?」

「すでにイッパツなぐられてきました。ぼくが悪いわけじゃないのに」

ため息をつくタカシくんの顔を、マジマジ見てしまう。

「アイツは顔をなぐりはしません。服にかくれて、ひとには見えないところをなぐるんです」

福子は怒りを感じていた。子供は苦手だ。しかし子供をいじめる大人は許せない。憎いとすら思う。

「学校では日光アレルギーだってウソついて、夏のあいだも長ソデです。プールにも入らないし」

「学校って、タカシくんはいくつなの」

「九歳です」

福子は驚いた。どう見ても六歳か七歳くらいにしか見えないからだ。

「けっこうお兄さんだったのね」

「小学生になってから、ほぼ背が伸びていません」大人びたなんてものではない。タカシくんの口ぶりは、悟《さと》りを開いた坊主のように淡々《たんたん》としていた。「身体測定のとき、担任の先生にシャツを脱がされたことがあります。でも先生はアザだらけのぼくのからだを見て、すぐにシャツを着るよう命じました。自分で脱がしておいたくせに。ひどいもんです」

「あなたが家庭でひどい目にあっていることを、先生は知ったわけよね。なにか手助けをしてくれたりはしないの?」

「いいえ」タカシくんはきっぱりと言った。「以前、姉が先生に相談したことがあります。同情はしてくれたものの、それまででした。先生にはきみを救う手だてがない。いまを耐えればいつか必ずいいことがある、と励《はげ》まされただけだったそうです」

「お、お母さんは？」

「あのひとは駄目《だめ》です。アイツにべったりですから。ぼくらがなにを言っても聞く耳をもちません」

「お姉さんもあの男の手伝いを？」

「少し前まではそうでしたが、いまは主にひとりでやってます」

なにをやっているのか、訊く気にはならなかった。

「ねぇ、タカシくん」

呼ばれた本人が訝《いぶか》しげな顔になったが、「ああ、アイツがぼくをそう呼んでいましたものね」と納得《なっとく》していた。

「タカシくんじゃないの？」

「いえ、そうです。仕事のときには本名では呼ばないでくれって、アイツ、頭ワルいから忘れちゃうんだよな」

「タカシくんはお腹空《す》いていない？　お昼ご飯は？」

「ぼくは食べ物でツられるほど、甘い人間ではありません」タカシくんは鼻を膨らませた。「でもおばあさんがまだならば、ごいっしょしてさしあげてもかまいませんが」

「私はもう済ませたわ」

「え？」タカシくんは心底、がっかりしているようだ。事実を口にしただけなのに、福子は自分がひどい仕打ちをした気持ちに襲われた。「だったらあの」

「タカシくんがなにを食べたいか言ってごらんなさい。ステーキ？　うどん？　そば？　天丼？」

「フードパラダイスのじゃないといけませんか」

「いけなかないよ」

「一階のでも？」

「もちろん、おごってあげるわ」

「おごってあげるって」ふふ、とタカシくんは笑った。「どうせアイツのお金なんでしょう？」


カウンターのむこうで店員が歌を唄《うた》っている。しかも鉄板で焼きそばでも焼くように、アイスクリームとクッキーをシャベルに似た道具で混ぜ合わせながらだ。

このショッピングモールには何度も足を運んでいるが、こんな店があるのは知らなかった。タカシくんは一度でもいいから食べてみたいと願っていたという。さらに彼は、アイスクリームとクッキーを混ぜ合わせているところは鉄板などではなく、マイナス九度に冷やした御影石《みかげいし》だと教えてくれた。

いま店員がつくっているのは、タカシくんのだ。えらく長ったらしい横文字の名前がついていた。彼はこの店にはじめてきたと言っていたが、それをスラスラと注文した。それを指摘《してき》したところ、「いつか食べられる日がきたときに、恥をかかないよう練習していたんです」と生真面目《きまじめ》に答えた。

窓際の席に向かい合わせで腰かけた。「おばあさんも食べたら？」と言われたが遠慮しておいた。

「私は冷え性《しょう》なの。そんなものを食べたら、凍え死《こご》んじゃうよ」

冗談を言ったつもりはない。しかしタカシくんはおかしそうに笑った。長ったらしい横文字のアイスクリームは、ワッフルでできた皿に盛られている。彼はそれをむしゃむしゃ食べはじめた。

フクねぇちゃん、これ、おいしいね。こんなにおいしいもの食べたの、うまれてはじめてだよ。

まただ。また窃盗仲間の子達が脳裏に浮かぶ。

できればショートピースを吸いたいが、そうはいかない。窓の外はいまにも一雨ありそうな曇《くも》り空だった。雪が降るという予報は的中するかもしれない。一つ目金治が息を引き取った日も、こんな空模様だった。彼の死をたしかめたのち、病院からでて、雪が舞っていたのを鮮明におぼえている。

「どう？　おいしい？」

「サイコーだよ」

タカシくんが答える。口のまわりがアイスクリームだらけだ。拭《ふ》いてあげたいくらいだ。ほんとうにしたら、この子はどう反応するだろう。

傍《はた》から見れば仲のよい祖母と孫以外の、何者でもない。そういう人生もじゅうぶんあり得た。結婚を申し込まれたことは幾度かある。たいがいの場合、相手は福子を掏摸師だと知らなかった。

銀座のクラブでホステスをしていたことがある。三十代半ばだった。はじめたきっかけは一つ目金治が病気で入院したためである。一年半の闘病生活ののちに息を引き取った。いまの福子よりも十歳以上若かった。彼が死んでからも福子は店で働きつづけた。

高度経済成長の最中《さなか》、銀座の夜は賑《にぎ》わっていた。福子のいたクラブも羽振《はぶ》りのいい客が数多く訪れていた。万札の束を何度見せびらかされたことか。

結婚を申し込んできたのは客のひとりだった。二十九歳の青年実業家だ。顔立ちはよくおぼえていない。若い頃のポール・ニューマンに似ていた気がするが、はたしてどうだろう。後年、勝手にそう思い込み、記憶を捏造《ねつぞう》してしまっているかもしれない。

きみにはなにひとつ不自由のない暮らしをさせてあげたいんだ。頼む。ぼくのものになってくれ。

どこでそう言われたか、さだかではない。そのときに彼が差しだす指輪についたダイヤモンドの輝きは、目に焼きついている。だが指に嵌《は》めはしなかった。

だれかのものになるなんて真《ま》っ平御免《ぴらごめん》だね。私は私のものだ。私が生涯、自由に使うわよ。

もっと上手な断り方があったはずである。なのにどうしてあんなタンカを切ってしまったのか。金治が亡くなったあとの喪《も》に服していた時期で、自分だけぬくぬくと幸せになるのが許せなかったのかもしれない。

それでも指輪はおとなしく戴いておけばよかったよ。

ときどきダイヤモンドの輝きを思いだしては、ため息をつく。夢に見ることもあるくらいだ。

もしあのとき結婚をしていたら。

どうだろう。幸せになれただろうか。怪しいものである。第一に福子は店で二十四歳だと偽っていた。三年以上店にいて、ずっとその歳のままだった。つまり青年実業家は福子を自分より年下だと思っていたのだ。掏摸師である事実も隠し通せるはずがない。クラブで働いているあいだも、腕が鈍《なま》ってはならないと、本業を怠《おこた》ることはなかった。一日休むと腕が鈍り、元に戻るまでに一週間から十日はかかるように思えたからだ。

タカシくんは、店のロゴが入った紙フキンで口を拭《ぬぐ》っている。アイスクリームはほぼなくなっていた。

「ねぇ、タカシくん」

「なんでしょう？」

「きみとあの男とはどういう関係なの？」

タカシくんは薄い唇を一文字に閉じた。

つまらない質問をしてしまった、と福子は反省する。だれにだって訊かれたくないことはあるものだ。

私も家族について訊かれるのは嫌だったもの。

「答えたくないなら、答えなくても」いいわとつづけようとする福子を、タカシくんは遮《さえぎ》るように「ママのカレシです」と言った。「三年前からウチにいます」

やはり訊かなければよかったと思いながらも、そのくせ福子は質問を重ねてしまう。

「彼を手伝うようになったのは、いつから？」

「今年の夏休みがおわってからです。自分の食べるぶんだけの働きはしろと言われて。このショッピングモールでは今日が三度目になります」

天使
山本幸久

それから彼は突然、顔を強張《こわば》らせた。スプーンを置き、ズボンの前ポケットからジィイジィイと震えている携帯電話を取りだす。その画面を睨みつけるように見る。

「なんだ、姉ちゃんからか」

安堵《あんど》の息をつく。浪川からと思ったようだ。画面をじっと見つめているのは、電話ではなくメールだったからだろう。やがてアイスクリームが盛られていたワッフルに齧《かじ》りつきながら、携帯電話のボタンを親指一本で器用に押しだした。

福子は携帯電話を持っていない。住まいには電話もない。かける相手もいないし、かけてくる相手もいないからだ。しかし使い方くらいは知っている。どんなものだろうと掏摸取り、いじくってみたことは幾度もあった。この世におサイフケータイなるものがあり、拝借したそれを試しにつかったこともある。高額な物は避けるに限る。欲が過ぎると足がつきかねない。生きていくために必要な、食材や家庭用品に留《とど》めておく。それと唯一の嗜好物《しこうぶつ》、ショートピースだ。

「これでよし」

タカシくんはそう呟《つぶや》き、携帯電話をもとへ戻す。

「お姉さんから？」

「ええ」ワッフルは最後の一口になっている。彼はそれを口に押し込む。「これから姉さんのところへいきますけど、いっしょにきますか」

「いいわよ」福子は答えた。

タカシくんがむかった先は、一階にある輸入雑貨を扱う店だった。食品、文房具、家庭用品、子供向けの衣服や玩具もあった。七十七歳で独り身の老婆《ろうば》には無縁の世界だ。玩具売り場とおなじく、ここもまたひどい混みようだ。客の八割方は十代前半から二十歳前後の女の子ばかりだった。残りの二割はそれに付き添う母親らしき女性か、同世代の男の子である。老婆と小学生男子のペアは異質な部類といえた。

福子の目からすれば、多少の差はあれども若い娘たちはみなおなじに見えた。顔や姿格好ばかりではない。笑い方やしゃべり方までもだ。だれもがいまの輝きが、永遠に続くと信じて疑っていないようだった。そんな彼女達の隙間をタカシくんは縫《ぬ》うように歩いていく。店のほぼ真ん中あたりまできたところで、足を止め、福子の服の裾を軽く引っ張った。腰を屈め、彼の口元に耳を寄せる。

「ネイルの棚の前にいるのが、ぼくの姉さんです」

少し自慢げに言う。その気持ちはわからないでもなかった。きれいなお嬢さんだったのだ。まわりの女の子達と段違いである。数メートル先にいても、それがはっきりとわかった。

「いくつなの?」

「ぼくの二歳上です」

まだ十一歳か。弟とは反対に、姉は年齢よりもずっと大人びて見えた。ぱっちりと大きな瞳に長い眉《まゆ》。もう少し高ければ高慢そうに見えたかもしれない、ほどほどの高さの鼻、白い肌にほんのりと赤い頬、そして薄い唇。小さな顔に、それらが上手に配置されている。胸のふくらみはわずかで、腰のくびれも目立たない。お尻は小さくて硬そうだ。でもそこから伸びる、黒いスパッツに包まれた足はすらりとしていた。あと数年も経って、でるところがでてくれば男が放っておかないだろう。ふわふわと綿のようなバッグを肩にかけ、有名ブランドのロゴが入った小さめの紙袋を左の肘にぶら下げている。

「ぼく、姉さんの手伝いをしてきます。ちょっとここで待っていてもらえますか」

姉のもとへいくかと思いきや、タカシくんはまるで逆方向へ歩きだした。

取り残された福子は、絵葉書が何十種類と並んだ棚の脇で待つよりほかなかった。いまの季節はやはりクリスマスのものが目立つ。たいがいサンタクロースだが、中には天使もいた。羽根を生やした赤ん坊が、ラッパらしきものを口にくわえて空を舞っている。その穏《おだ》やかな笑みを見ていると、ふたたび一つ目金治のことを思いだした。今度は病床に伏す晩年の彼だ。

おれはおまえを救うことができたかな。

息も絶え絶えにそう訊ねた。亡くなる三日前だ。当然だよと福子は答えた。金治さんがいなければ、私はとうの昔に野たれ死んでいたわ。私にとって金治さんは天使そのものだよ。

そうか。おれは本物の天使だったのか。

金治はくくと喉《のど》の奥で笑った。

タカシくんの姉が、妙な動きをしている。棚に並んだ色取り取りの小瓶《こびん》を、一、二、三、四、五本、紙袋に入れた。まわりの客はだれも気づかない。見事ではある。だが所詮《しょせん》は万引だ。

あんなのは度胸《どきょう》さえあれば素人《しろうと》でもできるもんよ。金治はよくそう言っていた。でも掏摸師はちがう。日々の鍛錬《たんれん》がなければ、そう易々《やすやす》とできるものじゃねえ。

タカシくんの姉はネイルの棚から離れた。歌でも唄いだしそうな軽《かろ》やかな足取りで店内を歩いていく。タカシくんの姿が見えた。姉の戦利品の入った紙袋を受け取る段取りらしい。

私も似たような真似をさせられたっけ。

ただし福子の場合は、いつの間にか胸元や鞄の中に他人の財布が入っていることが多かった。金治が掏った財布を福子の気づかぬうちに入れておくのである。それはじつに見事なものだった。

ん？　あれは？

オリーブがいた。タカシくんをつけているのだ。そんな素振《そぶ》りは見せていないが福子にはわかる。鋭い視線が姉のほうにも一瞬むけられた。オリーブが玩具売り場にいたのも、タカシくん狙いだったのかもしれない。オリーブのみならず保安員達のあいだで、浪川や姉もマークされている可能性は高い。

私とタカシくんがふたりでいたところも見られたのかしら。どうだろう。喫煙室の前やアイスクリーム屋ではオリーブを見かけなかったものの、他の保安員に目撃されていたとしたら面倒だ。これ以上、タカシくんに関わりあうのは頭のいい人間のすることではない。そう考えながら福子は厚手のコートを脱ぎ、左肘にかけると、右足を踏みだしていた。

なにをしているんだ、私は。オリーブからこの姉弟を救おうっていうの？

心の中の叫びとは反し、福子は足早にタカシくんを追い抜き、姉の左隣にぴたりとつく。背丈《せたけ》はほぼおなじくらいだ。彼女は棚にあった指輪を左手の薬指に嵌めているところだった。

「もっと大人っぽいのにしたら？　ナオミちゃん」

福子は彼女にからだを寄せ、右手でべつの指輪を選ぶ。ナオミは銀座で働いていたクラブのママの源氏名だ。咄嗟にでてきたのはついさっき、当時のことを思いだしていたからだろう。

「え?」戸惑う姉が福子に顔をむける。

「これ、素敵よ」

福子は右手につまんだ指輪についた小さな値札を近づけたり遠ざけたりして、値段をたしかめた。そのあいだに厚手のコートに隠した左手を紙袋の中へ入れる。

「一万五千円。うぅん、予算オーバーだけどいいわ。おばあちゃん買ってあげる。少し早めのクリスマスプレゼントよ」
一、二、三、四、五本。掌《てのひら》で小瓶をたしかめる。
掏摸師は手に目がなきゃいけねえからな。

一つ目金治の教えを思いだしながら、すばやく紙袋から抜き取った。もしかしたらこの他にも万引をしたかもしれない。だがそこまでは面倒見切れない。いまは最善を尽くすのみである。

「やだっ」福子はことさら大きな声をあげた。「ごめんなさい。私、てっきり孫娘かと思って。やだ、恥ずかしい。うちのナオミ、どこいったのかしら。ほんと、ごめんなさいね」

福子はふりむき、立ち尽くすタカシくんの横を通り過ぎていく。そのあとにオリーブとすれちがう。わずかに緊張が走ったものの、彼女は福子を止めもせず、横目で見ただけだった。だが油断はならない。ネイルの棚まで辿《たど》り着くと、一秒もかけずに五本の小瓶をその場に置き、店を立ち去った。

十五分後、福子が喫煙室にいると、ガラスのむこうにタカシくんとその姉が歩いてくるのが見えた。ショートピースをもみ消し、喫煙室をでる。

「返してください」

福子の前まできたタカシくんが手を差しだす。そこで浪川の財布を彼に渡した。三階の女子トイレに置いてきた財布は、だれにも見つからずにまだあった。

「お金は一銭も手をつけていないわ」すべて戻しておいた。「アイスクリームは私の奢《おご》り」

タカシくんは財布を受け取りながら、「ぼくのケータイも」と口を尖らせる。

喫煙室にいることは、彼の携帯電話で、姉へメールを送信して知らせたのだ。掏摸取ったのはちょっとした悪戯心《いたずらごころ》からである。

「はい、どうぞ」

「いったいいつの間に」

不平をもらすタカシくんに「気づかなかったあなたがいけないの」と姉が叱《しか》る。

「ねえちゃんこそネイルのビン、とられたの、わかんなかったくせして」

姉はタカシくんを睨んだ。そして彼から財布を奪うように取ると、お札を無造《むぞう》作《さ》にだし、福子の鼻先にぐいと突きだす。

「これ、さしあげます」

「いらないわ」

「受け取ってください」

「ないと困るでしょ。浪川にヒドい目にあわされるそうじゃないの」

姉はふたたび弟を睨みつけ、「あなた、赤の他人になに話したの」と言う。少女らしからぬ低い声だった。

天使
山本幸久

「ひとの好意は素直に受けるべきよ」

福子が宥《なだ》めるように言うと、少女はお金を摑《つか》んだ手を下げ、福子を真正面から見据《みす》えた。財布は腋《わき》に挟《はさ》んである。

「お金が入っていようといまいと、アイツは弟をなぐります。連帯責任だと言ってあたしのこともです。ならばアイツに損をさせたほうがいい。それにどうせ、そのお金もパチスロかキャバクラに消えてしまうんだし」

「あなたたちで使ったら、どうなの？　ふたりでどこかへ逃げてしまうというのも手ね」

福子の提案に姉弟は揃《そろ》って目を丸くした。

「そんなの無理だよ。できっこない」タカシくんは恐怖からか、唇を震わせている。「第一、どこかってどこへ逃げればいいいんだよ？　学校も警察もぼくらを救ってくれなかったんだぞ」

「母さんも」姉が憎々《にくにく》しげに付け加える。「救ってくれるどころか、アイツよりもあたしらを必要としちゃないわ」

臨終間際《りんじゅうまぎわ》に一つ目金治が言った言葉が、耳の奥で甦《よみがえ》る。

おれはおまえを救うことができたかな。

そうか。おれは本物の天使だったのか。

福子はあることを思いつく。果たしてそれが実行できるかどうか、咄嗟には判断がつかない。そのくせ福子はこう口にしていた。

「あたしなら、あなたたちを救うことができるわ。逃げる先も準備できる」そう言いつつ、福子はハンドバッグから、轟さんに書いてもらった宅配便の伝票をとりだしていた。「これの届け先のほう。少し遠いけど、東京から新幹線で二時間もかからないわ。いまからいけば夜中には着くはず」

そして姉に伝票を手渡す。彼女はそれをじっと見つめる。

「ここって」

「あなたたちと似た境遇の子供達が住んでいる施設よ。そこの園長が私の古い知り合いなの。頼りになるひとよ。ひとまず彼の元へいきなさい。そして今後のことを相談したらいいわ」

窃盗仲間のひとりだった男の子である。子といっても福子より三つ年下なのでいまは七十四歳だ。盗みに入った倉庫で警察に捕まり、遠い町の施設に引き取られていった。数年、その施設で暮らしてから、引退した大学教授の老夫婦の養子となり、我が子同様に育てられた。東京の大学へいかせてもらい、卒業後は福祉関係の仕事に就《つ》いた。四十歳を過ぎたときに自分が世話になった施設で働きだし、やがて園長に収まった。

なんと美しい人生だろう。ひととして正しい。

その経緯について聞いたのは、上野駅の構内で偶然、再会したときである。お互い白髪《しらが》で皺だらけだった。気づいたのは彼のほうである。

フクねぇちゃん。

そう呼ばれても、相手がだれかすぐにはわからなかった。喫茶店に入り、一時間ほど話をした。彼からは名刺《めいし》ももらった。

よくあたしだってわかったわね。

そりゃ、わかるさ。一日だってフクねぇちゃんのこと、忘れたことないもの。

そう言い、彼は照れくさそうに笑った。

フクねぇちゃんはいまなにしているの？

無邪気《むじゃき》に訊ねる彼は、昔とまるで変わりなかった。

三十代なかばで五歳年下の、ポール・ニューマンそっくりな実業家と結婚したわ。きみにはなにひとつ不自由のない暮らしをさせてあげたいんだ、頼む、ぼくのものになってくれなんて言われてね。でも結局はプレゼントされたダイヤモンドに、目が眩《くら》んだのよね。

福子はさらに嘘を上塗《うわぬ》りした。架空《かくう》の亭主の名まで告げたのだ。大昔の映画俳優の本名だ。

よかった。だったらフクねぇちゃんはいま、幸せなんだね。

もちろん。幸せすぎて怖いわ。お裾分けしてあげたいくらいよ。そうだわ。じきにクリスマスね。施設には子供は何人いるの？　プレゼントを送らせて。ね？　いいでしょ。

それから毎年、プレゼントを送りつづけている。四、五十万円はかかるが、ちょっと仕事を頑張《がんば》ればいいだけのことだ。無理ではない。むしろ励《はげ》みになった。

「どうしてあなたはあたしら姉弟にこんなことを」

姉が当然の疑問を口にする。あり得ない出来事にどう対応していいのか、困惑《こんわく》しているにちがいなかった。タカシくんも九歳らしからぬ難しい顔をしている。

天使だからよ。

危《あや》うく言いかけ、福子は慌ててその言葉を飲み込んだ。「いまはただ、私を信じてもらうより他ないわ。どうする?」

「いこうよ、ねぇちゃん」タカシくんが言った。きっぱりとした口調だった。

「たとえどこだって、ウチよりジゴクなんて、ありっこないもん」

☻

白いものがちらつきだした。凍《い》てつく寒さだ。七十七歳の老体には堪《こた》える。日没が早いうえに、空を厚い雲が覆っているので、五時前でも外は薄暗かった。

タカシくん達が去ってだいぶ経つ。東京駅にいてもおかしくない頃だ。新幹線のチケットを買うことはできるだろうかと、少しばかり心配になる。だがいまとなってはどうすることもできない。

あのふたりは私を信じたのだ。私もふたりを信じよう。

福子は駐車場の片隅にいた。青地に白抜きで『P』とある看板の下には『満車』とある。そう広くはない。十数台で一杯だ。二車線の公道を挟んで、むこうにはパチンコ屋が見える。

ショートピースを口にくわえた。駐車場内が禁煙とはどこにもない。たとえそうであっても注意するひとはいないだろう。公道はひっきりなしに車が往来しているが、人通りはほとんどなかった。ライターで火を点《つ》け、煙を燻らせる。

昔はパチンコ屋も仕事場のひとつだった。しかし客が座って打つようになってからは、足を踏み入れなくなった。パチスロなるものがこの世にあるのは知っているが、実物を目にしたことはない。

公道のむこうに浪川の姿が見えた。福子が呼びだしたのは十分ほど前だ。彼の携帯電話の番号は、タカシくんに教わった。ショッピングモール内の公衆電話から、かけ、財布を返したいと言うと、むこうが待ち合わせ場所をここに指定した。

浪川は右左右と首を振り、足早に公道を渡る。寒さのせいか、両手をダウンジャケットからだそうとしない。駐車場の出入り口に立ち、そこでようやく福子に気づく。パパを演じていたときとは打って変わって、険《けわ》しい表情だ。こちらが素《す》にちがいない。

福子はショートピースを落とし、右足でもみ消した。

「財布」前に立った浪川がぼそりと言う。

福子はコートの左ポケットから彼の財布を取りだす。ただし渡しはせずに、左手に持ったまま、肩くらいの高さにかかげる。

「財布は返します。でもその前にひとつ約束をしてほしいことがあるわ」

「なんだ？」

「カホちゃんとタカシくんについて」

姉の名前は別れ際に聞いた。知る必要はなかったが、知っておきたかったのだ。

「なんでふたりの名前を知ってる？　会ったのか？　いまどこにいるんだ？　携帯に電話しても、でやしない」

街灯《がいとう》が点いた。その青白い灯《あか》りに照らされた浪川の顔は、さながら吸血鬼《きゅうけつき》のようだった。

「安全な場所で保護されています」

福子はわずかに嘘をつく。

「児童相談所か？　それとも警察か」

「あなたに言えるはずないでしょう」

少し挑発的に言ってみる。だが浪川は表情を変えない。感情が失われ、変えられないようだった。

「ふたりとは今後一切、接触しないで。なにかあればこちらから連絡します。あなたがふたりの母親と別れて、家をでてくれるのが一番なんだけど、そうもいかないようですし」

「おい、ババア。あんた、なんの権利があって、そんなこと言えるんだ？　あん？　いったい何者だ？　どっか役所の人間か？」

「私が何者かも教えることはできません」

ただの掏摸師だと教えたら、浪川は混乱するばかりだろう。

「もう一度言うわよ。タカシくんとカホちゃんとは今後一切、接触しない。約束できるかしら？　できるのであれば、財布は返してあげてもいいわ」

中身の金はカホちゃんが持っていった。浪川へ電話をする前に、福子はキャッシュディスペンサーで自分の口座から同額をおろし、入れてある。

「おれはいい。でもアイツらの母親が納得するかどうか」

「あなたからよく言い含めてちょうだい」

浪川の視線は福子と財布を往復した。「わかった」と言い、ポケットから両手をだす。「返してくれ」

財布を渡そうとしたその瞬間だ。

「ざけんなっ」

罵声《ばせい》とともに浪川が飛びかかってきた。福子は尻餅をつき、背中を強く打った。抗《あらが》う余地もなかった。助けを求めようと悲鳴《ひめい》をあげようとした。たとえ人通りがなくともまだ五時だ。だれかしら気づいてくれるはずである。だが無理だった。馬乗りでいる浪川に両手で首を締められているからだ。

頭に血が上ると、怒りに任せて行動し、後先を考えない質《たち》だったらしい。所詮はチンピラと侮《あなど》っていた自分にもじゅうぶん落ち度があった。己の油断は相手に隙を与えることになるとわかっていたはずなのに。福子は後悔するがもう遅い。

「くそババアがよ。ナメんなよ、チクショォ」

これでおしまいか。これでもう私の人生はおしまいなのか。いや、まだだ。まだ私にはすべきことがある。なによりこんなクズに殺されるのは御免被《ごめんこうむ》る。
右手でスカートをたくしあげ、千枚通しに手を伸ばす。
「どいつもこいつもおれのこと、ナメやがって。ふざけるな。おれだってヤると
きゃヤるんだよっ」
浪川は福子の動きに気づいていない。千枚通しの柄を握る。
躊躇はするな。一撃で決めろ。
わかったよ、金治さん。
福子は千枚通しの先を浪川の顎の下に突き刺した。それと同時に意識を失う。
ふたたび瞼《まぶた》を開くことができるかどうかなど、考える余裕はない。
ただほんの一瞬、カホちゃんとタカシくんが新幹線に乗り込む光景が見えた。
ふたり並んで座席に座り、窓にからだごとむけて手を振っている。

ふたりは笑顔だった。
とても幸せそうだ。
福子もまた幸せだった。

天使
山本幸久

Tomoyuki Nakayama

ふりだしにすすむ

中山智幸

ぼくね、きみの生まれ変わり。

唐突すぎる告白に、わたしは素早くまばたきを繰り返した。

発言の主であるでっぷりと太った老人は豊かな白髭《しろひげ》を顎《あご》にたくわえて、たぶん、六十は超えてるのだろうけど、丸く膨《ふく》れあがった肩や迫《せ》り出た腹部の雄大さには活力が漲《みなぎ》って感じられた。

かたや、こちらは二十代最後の夏をみじめにやりすごそうと喘《あえ》ぐ女だから、「生まれ変わり」なんて言葉を持ち出されても自分の耳か相手の頭を疑うしかなく、わたしは多少の不機嫌さをまぶして「はい？」と訊《き》き返した。

頭にかぶった真っ赤なベースボールキャップと、こちらもやはり派手めな赤のTシャツ、チノのショートパンツに黒いレザーサンダルをあわせて、おしゃれはおしゃれ。巨大な水滴《すいてき》のごとくキャップから垂れ下がる顔をもういちど確かめてみるけれど知り合いではなく、思い浮かぶのはただひとり、サンタ・クロースくらいだ。

それは、自宅近くのカフェでの出来事だった。

七月半ばの日曜日、わたしは二階のテラス席に深く沈んで、ミュールを脱いで裸足《はだし》になり、右足の人差し指の爪が先端からちいさく裂けはじめているのを発見し、どうするべきか思案していた。爪を切るために一度帰宅すれば二度と出たくなくなりそうで、金曜日にネットで読んだよく当たる占いも、そういえば、週末の外出は控えるべしと告げていた。

天気もいいし、なにしろ夏だし、部屋にこもってるなんて馬鹿馬鹿しくて、モネの睡蓮《すいれん》が全面にプリントされたワンピースなんか着て銀座あたりまで行ってみようと奮起《ふんき》したのは三十分前。

駅に着くより先に暑さに負けたわたしは、カフェに入ってアイスティーを頼んだ。一階は満席で、仕方なくテラスに出てきた。

帰りたくなった。

なにかがわたしを引き留めてるのかも。そんな気さえしてきた。いまはじっとしておく時期だって。

メイクもやっつけだし、行きたいとこもないでしょ? 所持金だってさびしいうえに、派遣はもうすぐ切られるわけで、次のアテもゼロ。恋人はよそに行ったし、三十の大台がいよいよ目前。爪も割れそう。

まったく、とことんついてない。

「りりさん」

いきなり名前を呼ばれて、振り返った先に大きな老人がほほえんでいた。

「りりさん」と彼は繰り返した。古い記憶から掘り起こしてきたみたいな、くしゃっとした声。一応は周りを見回したけど、ほかに客はいなかった。

「あの、どなたかと間違われてるんじゃないですか」

「りりさんではない？」

「ええ」

答えながらわたしはテーブルに置いていたサングラスを取り、ゆっくりと顔に持っていった。

「では、あなたのお名前は」

「あの、なんですか、勧誘かなにかですか」

「いやいや。強《し》いて言うなら、運命かな」

「はい？　なに、ナンパ？」

「運命」

にやり、と老人は無音で笑った。

妙なのに捕まった。ほんとに、とことんついてない。老人は、さらに一歩近づいてきた。

「りりこさん。多喜田《たきた》りりこさん」

はっきりと、フルネームを告げられた。

「ぼくね、きみの生まれ変わり」

すこしの間《ま》をおいてから、「はい?」と訊いた。サングラス越しの老人は、薬でハイになってるみたいに陽気に笑っていた。

危ない。こいつ、真剣に危ない。妙な宗教にかぶれてるか、頭のネジという ネジがさびついてるか、そういうあれこれの合併症か。こちらのあからさまな警戒も気にせず無遠慮に距離を縮めてきて、いやらしい笑顔は、財宝を前にした海賊を思わせる図々《ずうずう》しさに満ちていた。比喩《ひゆ》でなく「呑《の》まれる」気がした。

わたしはともかく相手を刺激することなくすみやかにその場を離れるべきだと考え、竦《すく》んだ足を目覚めさすべくアイスティーを勢いよく飲みほして席を立った。

老人は、ほんの一メートルほどの位置でこちらをじっと見ていた。その横を、彼など見えないフリで通りぬけ、店内の階段に急いだ。壁に立てかけられた巨大な鏡の中から老人が見つめていた。

笑ってる。

すっごい笑ってる。

会計を済ませて外に出て、黄泉《よみ》の国から逃げる神様みたいに、決して振り返ることなく大通りを目指した。その途中、スマホで元カレの連絡先を開いたけど「通話」を押す勢いまでには行き着けず、地下鉄の改札にパスモを叩《たた》きつけてホームへ降りていき、停まっていた電車に駆け込んだ。

呼吸がとぎれとぎれになり、ふくらはぎは張り詰め、両足が疼《うず》いていた。濡《ぬ》れてるといってもいいくらい汗ばんでることに、冷房の風を受けて初めて気づいた。

一駅先で降りて、地上に出るときも振り返ることなく進み、タクシーを拾って自宅に戻った。ちょっと手前でタクシーを停めて、老人の姿がないか確かめてから、部屋までの距離を一心に走った。

玄関に鍵をかけてその場にへたりこむ。

右足の指先に血が付いていた。親指から中指にまで、黒ずんだ赤色は広がっている。なにか踏んだのかと最初は勘違いして、そのうち痛みが追いついてきて、爪のことを思い出した。すると一気に、痛みが増した。

もう歩けないと感じながら、陽《ひ》があたることのない玄関でひんやりとした床にへたりこんだまま、赤黒い指先を見ていた。

まったく、ほんとに、どこまでもついてない夏だった。


老人と再会したのは二日後の火曜日。こんどは職場に乗り込まれた。

受付から内線で呼び出され、いつものバイク便だと思い込んで降りていったら、いた。白い開襟《かいきん》シャツにグレーのパンツ、それにサスペンダー。割にきちんとした服装だったけど、服装が正しいぶんだけ髭のふさふさ具合が悪ふざけに見えた。

「りりさーん」

よく晴れた草原で恋人でも呼ぶみたいに、大きく陽気な声が、受付に響いた。

こちらは首から社員証をぶらさげたまま、しかも「多喜田りりこ」の呼び出しに応じて登場しているから、まさか人違いなんて言い逃《のが》れもできない。警察を呼んでもらうか。でもまだなにもされたわけじゃないし、会社の受付なんて半分くらい公共の場で、不法侵入にも問えないだろう。それに、下手《へた》に騒ぎたてて余計な恨《うら》みを買ったら、もっと最悪な事態に転がったりしないだろうか。エレベーターホールには警備員もひとり控えてるし、まさかこの場で凶行に及んだりはしないだろう。ともかく、毅然《きぜん》とした対応で追い返そう。短い時間で、そう決めた。

「なんのマネですか?」

近づきながら、わたしは訊いた。

「話を聞いてもらえないか」

薄めの白髪《はくはつ》も、額にいくつか並ぶ柿渋色のシミも、一昨日には見えなかった部分で、わたしは年齢の見積もりを訂正した。七十を超えてるかもしれない。

「忙しいんです」

老人は「大切な、ことなんだよ」と返してきた。

すこし灰色がかった目が真剣な光を発して、無数の糸みたいにわたしを絡《から》めとった。その笑顔には抗《こう》しがたい力があって、一瞬、わたしは老人のほうへ歩きだしそうになっていた。ビルの屋上から地面を見下ろしているうちに、知らず知らず足が宙に引っ張られていく、その感覚に似ていた。

すんでのところで我に返ったわたしは、踵《きびす》を返してエレベーターに歩きだしたけど、老人の発した大きな声に足を止めた。

「イシカバカバ！」

短い言葉が、背中に深々と刺さった。

この老人を無視なんてできない。

そう悟《さと》ったわたしは、半ば白旗をあげる気持ちで振り返った。

老人は、口元をほころばせた。

イシカバカバ。

幼いころ、絵本に教わった呪文《じゅもん》。

主人公のリリーはイヤな夢に落っこちて、そこで嫌いなもの、怖《こわ》いものに出くわすたびに呪文をぶつけた。

イシカバカバ！

するとピーマンはチョコレートに、雨雲はお日様にひっくり返った。最後に現れるのは長いツノを生やして激怒《げきど》するおかあさんで、呪文をぶつけるとバタンと倒れてしまい、さすがのリリーもびっくりして、慌てて謝る。いくら呼んでもちっとも応えないおかあさんの横でリリーは号泣《ごうきゅう》する。ページをめくると場面は現実に変わり、眠りながら泣いていたリリーを、おかあさんがやさしく起こしてあげるところで物語は終わっていた。

嫌なことに見舞われるたび、その呪文をもごもごつぶやきながら、わたしは成長した。

イシカバカバ。イシカバカバ。

効果は、あったともなかったとも言える。たった六文字の言葉じゃ、現実はもちろんびくともしない。でも、意識を空想の要塞《ようさい》に避難させ、無情な嵐が通過するまでやり過ごすのには役立った。

念仏みたいにイシカバカバ、イシカバカバ、と唱えることに集中してれば、壁は高く、強固にもなった。イシカバカバ。

大人になって、友人や知人に探りを入れてみても、同じ絵本を読んだことがある人に出会うことはなかった。ネットで検索したら五十年も昔の作品で、帰省《きせい》した折に実家の書棚と倉庫をあたってみたけど見つからず、母に尋ねると、祖父が捨ててしまったらしかった。

家族のほかにその絵本を「読んだことあるかも」と言ってくれたのは元カレだけで、合コンの席でわたしの問いかけに、カレはまんまるな目をくるくる揺らしながら記憶を検索してくれた。

あー、読んだことあるかも、それ。

わたしの歴史を幼少時までさかのぼって宝物を取り返してきてくれたみたいに、嬉《うれ》しい言葉だった。すぐに、その言葉自体が宝物になった。

それなのに、ずっとあとになって同じ質問を投げてみると、ぜんぜん知らない、とすげなく返された。読んだことあるって言ったじゃん、と責めると、カレはまるで覚えてないと答えた。

絵本のことだけでなく、主人公がわたしと同じ名前だったことや祖父がたまに読んでくれたことも含めて、その作品にまつわる情報すべてをカレはインプットもしてなかった。あの呪文の真逆《まぎゃく》をいくように全肯定《ぜんこうてい》が全否定にひっくり返り、過去最大規模の罵《のの》り合いに発展して、しばらく会わずにいた。

それってつまりノロケじゃん、と友人たちには呆《あき》れられた。そもそもあんたと近づきたくて嘘《うそ》ついたわけでしょ、かわいいじゃん、さっさと仲直りしなって。

言われてみればそうも思えた。

そもそもカレの記憶は、「読んだことあるかも」という曖昧《あいまい》さを含んでいたから、嘘じゃない。だとしたら怒ってるのはわたしひとりで、さっさと許してあげていいかも、そう思えてきた。

だけど、しばらくぶりに訪れたカレの部屋には、女がいた。しかも、わたしの友人だった。

イシカバカバ。

イシカバカバ。

逃げ帰った翌日、友人からメールが届いた。スマホに無断でねじこまれたような気持ちにさせる内容だった。

別れたって聞いてたし、りりこもヨリ戻す気ないって言ってたから。

イシカバカバ。

イシカバカバ。

腹立たしく、やりきれない時間が過ぎ去るのを静かに待とうとしても、嵐は、わたしの心、それ自体だった。横殴《よこなぐ》りの雨さながらに、手の甲で拭《ぬぐ》った涙は、こめかみを過ぎて耳まで濡らした。イシカバカバ、イシカバカバ、イシカバカバ、イシカバカバ。

老人が発したのは、そういう言葉だった。

＊

昼休みまで待ってもらい、会社近くのケンタッキーに入った。

チキンが大好物なのだと彼は嬉しそうに笑い、オリジナルを3ピースにコーラのLサイズを注文した。みっつともキール肉にしてほしいと彼が要求すると、店員は困惑顔で部位指定は受けられないと断ったが、老人は、たまたまそうなることもあるんじゃないか、大食漢の老人を接客したときなんかには、と誘導とも脅《おど》しともつかない助言を口にした。わたしはアイスティーをごちそうになった。

「十五分だけ」

二階の席に着くなり、わたしは告げた。

「食べながらでもかまわないかな」

席からほとんどはみ出すように座り、おしぼりで太い指先を一本ずつ拭《ふ》きながら、老人は確認してきた。

お好きに、と返すやいなや、彼はチキンに飛び込む勢いで食いついた。一口、二口、三口とがっついてから、話が始まった。

「りりさん。あなたのことを、ぼくはようく知っている。ぜんぶと言ってもいい。なにせ生まれ変わりだから。まずそこから説明しよう」

彼はいったん言葉を切り、チキンをまた頰張《ほおば》った。子どもの食事みたいにもしゃもしゃと威勢よく。

「輪廻転生《りんねてんしょう》という概念《がいねん》は、通常、前世とか来世とか、時間を軸に語られるもので、魂の唯一性、純粋性を背景に持っているだろう。しかし時間というのもこれが怪しいやつで、真《しん》に一方通行とは限らない。仮に時間の側が一方通行を順守していたとしても、逆走する輩《やから》が出てくるのもわかるだろう。つまり、魂は可逆《かぎゃく》的なわけだ」もしゃもしゃ。「ぼくはきみ、つまり多喜田りりことしての人生をこの時代でまっとうしたのちに、便宜《べんぎ》的な説明を採《と》るなら、魂が過去に舞い戻り、ぼくとして生まれてきた。二十一世紀で死んだのち、二十世紀に生まれたというわけだ。きみがいま二十九歳。ぼく六十八歳。およそ四十年の隔《へだ》たりだ」もしゃもしゃ。「鵜呑《うの》みにはできないだろう」もしゃもしゃ。「理屈をついても答えは出ない」もしゃもしゃ。「だから、まず最初にりりさんに伝えるべきは、証明、たとえばオカズのことだ。とぼけなくていい。カズオの愛称だというのもちゃんと心得ている。いまだにきみがオカズの行動を監視していることも」

「してない」

「高校二年の春に幼馴染《おさななじ》みのエロ本を近所の川に投げ捨てたな。しかも彼が思いを寄せていた女の子の目の前で笑いものにしながら。三番目の彼氏と初めてベッドをともにしたときに処女だといつわ」

「信じろってわけ?　そんな、そんな適当なこと並べたてて」

「どうしろとも言わない。きみの心は、ぼくの知るとおりに反応しているはずだ」

「なにそれ」

「本題に入ってもいいかな」

もしゃもしゃ。

「あの」

もしゃもしゃ。

腹が立つやら、腹が減るやらで、わたしもなにか買ってくると言い残して一階に降り、ツイスターとビスケットを買って席に戻った。

「正直、不愉快です。どうやったか知らないけど、無断で人の過去漁《あさ》ったりして」

「ぼくは自分の経験を語っているにすぎない」

「それが信じられないっての、わからない?」

「りりさん」

わたしもツイスターの包みを乱雑に脱がせ、老人に負けじと頬張った。息もできないくらい大急ぎで飲み込んだ。

ふりだしにすすむ
中山智幸

「食べながらでかまわないから、すこし黙って聞きなさい」

彼には妻がいた。しばらく前に他界した。

最後の日々、奥さんはときどき意識を失うことがあり、そのたびに前世の記憶が蘇《よみがえ》った。いっぺんにではなく、ひとつずつ。

なにか思い出すたび、夫に語ってきかせた。最初は懐疑的だった妻の口調は、徐々に断固《だんこ》とした強さを帯びはじめ、あなたとは前世でも強い結びつきがあった、このままいけば、次の人生でもいっしょだと断言するに至った。

老齢からくる妄言《もうげん》だと彼は解釈していたが、やさしくほほえむだけの夫に、彼女はけしかけた。

信じないなら確かめてきなさい、名前も、場所も、教えてあげるから。

そこで聞かされたのが、「多喜田りりこ」と「大庭《おおば》かおる」という名前だった。

「どっちも女?」

思わずわたしは突っ込んだ。

「最後まで聞きなさい」

わたしは黙ってビスケットをかじった。

彼は、わたしと大庭かおるをさがした。さがすと言っても、指定された場所に行くだけでよかった。わたしを知り、大庭かおるを知ったあとで、彼にも同じ変化が起きた。自分もこの時代を生きたことがあると、思い出してしまった。

妻には隠していたが、ここ数年、既視感《デジャヴ》を覚える場面が多くなり、老いが本腰を入れだしたのだと諦《あきら》めていた。だけど、すべてが二度目だと仮定すれば、無《む》節操《せっそう》なデジャヴにも説明がつく。

妻にも打ち明け、ふたりの関係は晩年に至って異なる色を帯びはじめた。

妻の調子がいい日には、夫婦ふたりで散歩に出た。来たことのない場所で前世の思い出を語りあった。まだ起きていない未来を、懐《なつ》かしく描写しあった。

大庭かおるは二十八歳。大学を出て薬剤師となり、親元を離れて一人暮らしをしている。

仕事ばかりの二年間を過ごしたあとで趣味を見つけようと思い立ち、服飾系の専門学校が開催するカルチャー講座で「帽子《ぼうし》作り」を受講しはじめ、基礎コースを修了すると上級コースに進んだ。

花と螺旋《らせん》をモチーフとした作品を得意とし、徐々にショップ店員やスタイリストたちの目に留まるようになっていった。帽子ひとつ完成させるのに余暇《よか》のほとんどを費やさなくてはいけないくらい手が遅いけれど、心を砕《くだ》いて創り上げる帽子は複雑に美しく、ベテラン女性歌手のツアー衣装にも採用された。

生活の糧《かて》を稼《かせ》ぐにはほど遠いものの、薬剤師の仕事と並行して帽子作りの腕を磨《みが》いた。そしていま、貯金をはたいてロンドンへ留学するかどうか悩んでる真っ最中らしい。

そこで老人の話は止まった。

「行けばいいのに」

わたしはつぶやいた。

「いや、まずはきみだ」

「わたし？」

「どうしてりりさんは彼女のところへ行かない？」

「は？　いやいや、行くもなにも知らないし」

「それがおかしい。どこで間違ったんだ？」

老人は不満気にこぼして、脂《あぶら》まみれの指を左から順に舐《な》めた。

「間違ったって、なにが」

「大庭かおるの背中を押したのは、りりさん、きみだ」

わたしと大庭かおるは二ヶ月も前に出会ってるはずだった。

バーで隣に座って親しくなり、互いの過去を知らないからこそ打ち解《と》けた。臆《おく》病《びょう》な彼女の羽を引っ張り出し、無責任な追い風を吹かせて飛び立たせたのが、わたしだという。

「まだ遅くない。大庭かおるに会ってくれ」と老人は言った。知らんふりして彼女に接近し、あるはずだった場面を取り戻してくれと。

そのあとどうなるのか訊くと、その大庭かおるとやらは日本を脱出するということだった。わたしの今後については、知らないほうがいいだろうと言われた。

「知ったところで悪いほうにしか転ばない」

「なに、やっぱ、ろくでもない人生なんだ」

「知らないからこそ生きるに値するんだ。まさか自分がいつ死ぬか、知りたいわけでもあるまい」

「先のこと知るのが悪いっていうなら、その、大庭かおるについて知るのだって悪いことじゃん。それを、なに、都合のいいとこだけ正当化するわけ?」

「ああそうだ、これだけは譲《ゆず》れない」

老人は堂々と肯定した。

「なんで」

「妻とまた会うためだ」

わたしと大庭かおるの人生がA、老人たちの人生がB、そのつぎにくるのがCと仮定して、わたしたちが出会わなければBが派生しないかもしれず、BがなければCはなおさら、めぐってこない。それも仮定の話でしかないけれど、異変に気づいた以上、じっとしていられないと老人は苦しそうに述べた。

「つまり、人助けと思えってこと?」

「りりさんにとっても必要なことだ」

「ていうか、その呼び方やめてくれない?」

「じいちゃんを思い出すか」

「ほかにそんな呼び方する人いないでしょ。や、あのさ、べつにわたしはその人と出会わなくたって、困らないわけでしょ。なんていうか、あんたの頼みを叶《かな》えてやったとしても、わたしはボランティアっていうか、愛のピンチヒッターみたいなもんで、メリットないし」

老人は鼻から息を吐《は》き出した。飲み込みの悪い弟子を前に呆れるしかない、といったふうに。

「くすぶってるじゃないか。どちらを向いても行き詰《づ》まりだと感じてるだろう？それはな、きみが手持ちのものばかりでどうにかしようと考えるからだ」

「適当なこと言わないでよ」

「りりさん。傷を大きく見積もるのは、やめたらどうだ」

すぐさま反論しようと口は開けたけど、なんの言葉も出てきてくれず、口を閉じると、なにも言ってないのに自分の発言を後悔しているような、ぼんやりとした罪悪感が、目のずっと奥で膨らんでいくのを感じた。

どうしてそんなにわたしのことがわかるのかと聞きたくなったけど、それほど愚かで間抜けな質問はない。

「わたし、どうなる？」

「どうなるとは」

「あんたの頼み聞いて、そしたらわたしの人生もうまくいくって保証してくれんの？」

「ありきたりだが、悲喜《ひき》こもごもがある。いい人生かどうかは、きみが最後に決めることだ」

「そんなあたりまえのこと教えてくれなくてもいいよ。つか、なんのメリットもないし、だいたいが信じられない。ねえ、未来のことわかるなら、大金手に入れる情報とかないわけ？　これから伸びる企業とか」

「じゃあ、ひとつだけ教えておこう。きみの嫌いな上司」

「スルガ？」

わたしの言葉に老人は頷《うなず》き、続けた。

「木曜日に倒れる。救急車で運ばれる」

「や、べつに嬉しくないんだけど、そんなのどっちでもいいし。ねえ、結婚は？　わたし結婚する？　しなくてもいい？」

「したいのかな？」

そう問われると、わからなかった。

したいとは思うけど、具体性をごっそりと欠いた絵空事《えそらごと》でしかないし、結婚しなくてもいいと思えば、心のどこかがそうだと応じる。

目の前の老人は、愉快そうにコーラを飲んでいる。

「したい、かなあ。ていうより、結婚したいって思える相手に会いたい。大庭かおるって人はさ、来世では奥さんかもしれないけど、今の人生で結婚するわけにもいかないだろうし、ていうか、なんでわたし真面目《まじめ》に語ってんの」

「結婚して幸せになる」

「え?」

「それくらいなら、教えてもいいだろう」

「誰と?」

「そんなことまで知ってしまったらつまらないし、またなにが変わってしまうかわからないじゃないか」

「だからって、そんな一般論言われたって、期待も持てないじゃん」

「しかし、本当だ」

ぬけぬけと言われた。絶対に消えることのない灯《あか》りを手にしているみたいな、有無《うむ》を言わせない力強さがその言葉には宿っていた。わたしの意識には、それが突破口のように映った。まだ遠く、頼りないほど小さな穴だけど、なにもないよりずっとマシだ。

「わかった。協力してあげるからさ、なんか、せめて謝礼、用意してよ」

わたしの申し出を最初から承知していたふうに、彼は右手の親指を立てながら答えた。

「弾《はず》んでやろう。さしあたり、うまい飯でどうかな」

それで決まり。

次の日曜日、大庭かおるの行きつけのバーで作戦実行。会う時間と場所を決めて、最後に老人の名前を訊《たず》ねた。

「いしかばだ」

「え？」

「石ころの石に樺《かば》の木のかばで、いしかば」

「偽名《ぎめい》？」

「ああ、そのとおり。石樺カバという」

ははは、とわたしは笑った。いしかばも笑った。

なかなか愉快な来世かも。

別れたあとで、ぼんやりまた笑えた。

会社に戻ると、スルガが足音もなく近づいてきて「あれはどうなってますか」と訊かれた。

「あれって、どれですか」

スルガの言葉はいつもパーツが足りない。陰湿《いんしつ》な嫌がらせだと最初は感じたけれど、それは思い違いだった。

万事を急ぐあまり、スルガの言葉からは言うべきことがぼろぼろと落下してる。本人は気づいてなくて、ポケットに開いた穴を縫《ぬ》おうなんて思いもしない。

四十半ばの独身で、痩《や》せぎすの体は古木《こぼく》みたい。レンズが小さく、度の強い眼鏡《めがね》をかけていて、目線はいつも一点に集中してる。

生きるリズムが誰とも違いすぎて、彼の人生はたぶん、チョロQみたいにきりきりと軋《きし》むまで巻かれたところからスタートしたんだろう。ありゃ早死にする、と飲み会でよく笑われているけど、わたしにはときどき、スルガの潔さが羨《うらや》ましかった。

持論《じろん》をひとしきり述べてから、スルガは席に戻っていった。わたしは新しい見積書を仕上げた。

「多喜田さん」

いつのまにか、また、スルガが隣に立っていた。午前中に渡した書類に不備がある、どうしてこんな書き方なのかと問われた。

「書式は間違ってません」

「間違っているかどうかじゃなく、そう四角四面《しかくしめん》なことをするなと言っているのが、いつになったら理解できるんだ。私の指示したとおりにやったほうが、うまくいくんだ。何度も言ってるはずだ。こういう些細《ささい》なところがのちのち大きな問題につながる。きみがその責任をとれるというのか？　とれるのなら好きにやってもらって構わないが、そうでないのなら私のやり方をなぞっておけばいいんだ。ミスが起きれば私が修復する。きみじゃない、違うか」

立ち上がって、すこし背伸びして、「木曜日に倒れて救急車だそうですよ」そう耳打ちしたら、どうなるだろう。

どうにもならない。

信じるわけがない。

そうは思っても、わたしの頭の中ではスルガがバタリと倒れた。

指示通りに書類を作りなおしながら、ぜんぜん落ち着かなかった。リアルな想像が繰り返し繰り返し脳内で再生され、バリエーションがすこしずつ違って、スルガが倒れる場面はもう二百通りも出来あがっていた。

聞かなければよかった、こんな情報。

本当に倒れられたら、知ってて防げなかったことを後悔しそうだし、外《はず》れたら外れたで裏切られたように感じるかも。

いしかばの顔を思い出した。

未来を知るのは呪《のろ》いなのかもしれない。

☘

日曜、午後六時。新宿の西口改札で待ち合わせした。

いしかばは、白い綿シャツにチノパン、サンダル、頭にはパナマ帽を載せ、太ったペンギンを思わせるぺたぺたとした歩き方で現れた。

件《くだん》のバーへ出向く前に食事をごちそうしてもらう約束だった。ドレスコードがあるような店じゃないと言われていたので、お気に入りのポロシャツに買ったばかりのロングスカートをあわせてみた。鏡の前の自分は左右反転しているけれど、楽しげな表情に嘘偽りはなかった。

「りりさん」

わたしを見つけるなり、いしかばはにっこり笑って右手をあげた。

「すてきだ」

恥ずかしげもなく、いしかばは褒《ほ》めた。

「きもちわるい」とわたしは笑った。「すごいまわりくどい自画自賛じゃん」

「魂は同じでも今は別人なんだから、むしろ最短距離の賛辞じゃないか。しかし、もういくらか露出《ろしゅつ》が多くてもいいんじゃないか、え？」

「やだよ、同伴出勤にしか見られないじゃん」

「つまらんところで保守的だな、ほんとにそっくりだ。もっと挑《いど》んでみたらどうだ」

「そんな若くないし」

「そうじゃない、りりさん、十年後、二十年後に、この場面を思い出すかもしれないじゃないか。いまよりずっと歳を重ねたとき、そこから見る今は若いだろう。あのころのわたしはもう若くないと思って控えめな格好《かっこう》だった、と振り返るのと、無茶やってたなと笑うのなら、後者のほうがずっといい、そう思わないか?」

それは、ずるい。食品サンプルと実際の食べ物を並べてどっちを食べたいかと問われるのと同じで、選択肢《せんたくし》のフリをしているけれど実際は違う。でも、目下《もっか》の現実を見てみれば、わたしは前者を選び続けている。あるべき姿をかたどったサンプルのほうに歩いていって、こんなはずじゃなかったと後悔してばかりだ。

考えているうちに小田急線のホームに辿《たど》り着いた。

いしかばは浮かれていた。初めて会ったときと同じ、すこし酔ったような陽気さが、彼の顔から、動作から、あふれだしていた。

電車が入ってきて、さほど混んでいない座席に、ふたり並んで座った。いしかばのふっくらした手が視界に入った。隣に置いた自分の手が騙《だま》し絵のように細く映る。

顔をあげると、向かいの車窓《しやそう》にわたしたちがいた。わたしたちが魂をシェアしてるなんて、いったい誰が見抜けるだろう。

「魂は一個じゃないってことか」

不意に思いついて、わたしはつぶやいた。

「なに？」

「わたしといしかばが同時に存在してるってことは、そういうことじゃない？」

「どうかな。わからないことは多い」

「あ、そうだ、こないだスルガ倒れなかったし、救急車も来なかったけど」

「そうか。仕方ないな。事態は変転しつつある」

「なにそれ」

「ほっとしたろう」と指摘された。

「嘘ついたの？」

「いいや」

「まあ、いいけど。ほんとに倒れられても気分悪いし。でも、どうなんだろ。毎日むかつくし、あと少しで辞めるって思わなきゃ、もう耐えきれないくらいだけど」

「耐えられるさ」

さらりと、いしかばが言ってくれて、ほっとした。

「ねえ、きょうは大丈夫？　大庭かおるには会える？」

「そこは間違いない」

「なんで」

「運命」

「また」

呆れて笑うと、向かいのわたしも笑った。

小さな駅で降りて、三階建てのビルの三階にあるこぢんまりとした洋食屋に入った。照明は薄暗いけどぬくもりのあるオレンジ色で、席に着くと、お水といっしょにカップケーキみたいなキャンドルが置かれた。窓際の席に座ったわたししたちは、コース料理とビールを注文した。

「あそこに雑居《ざっきょ》ビルがあるな」

いしかばが窓の外を指さした。そこがランデヴーポイントだという。

「どうして大庭かおるを選ばなかったわけ？　彼女が飛ぶのが重要なら、そっち説得したほうがはやくない？」

「こんな老人が現れて内気な女性のケツを叩くのか？　それが奏功《そうこう》すると思ってるのなら呆れる。肝心《かんじん》なのは、りりさん、きみと会うことだ。それで覚悟を決める。やると決めたら、あとは強い人間なんだよ」

ビールが出てきて、とりあえず乾杯した。儀礼的な、言葉を伴《ともな》わない乾杯だった。

「来たぞ」と、まだわたしが一口目を飲み終えないうちにいしかばが告げた。グラスを持ったまま体をひねって外を見たけど誰もいなかった。わたしがもたもたしてるあいだに大庭かおるはビルに入っていったらしい。

焦《あせ》って席を立とうとすると、いしかばが「食べてからでいい」と制した。

「いいよ、いしかばは食べててよ、わたし行ってくるから」

「座りなさい。注文も済ませたのだし、食事する約束じゃないか」

わたしも昼を抜いていたから、おとなしく従った。

ちらちらと外の様子を窺《うかが》いながら、運ばれてきた料理を口に入れた。ふわ、と口の中の空間が広がった気がして、できることなら口の中を自分の目で覗《のぞ》き込んでみたかったけれど、そんなことよりも料理を味わうほうが先だった。おいしかった。

シンプルな鯛《たい》のマリネだとばかり思っていたのに、だれかと語りあいたくなるくらい奥行きをもった味つけで、見るといしかばはとっくに平らげてしまったらしく、わたしはまだ咀嚼《そしゃく》を続けながら、やっぱりこれを言葉にするのは惜《お》しい気がしていた。

続く料理も、最後まで期待を外れることはなかった。

お皿とお皿のあいだに、わたしたちは話をした。といっても主にわたしが語り手にまわった。

生まれ変わりではあるものの忘れていることも多いので、りりさんのこれまでについて教えてほしいと頼まれたからだ。それならいしかばの人生についても語りなさいよとけしかけてみても、ありきたりな人生とだけ返された。

偏見《へんけん》かもしれないけど、ありきたりな人物がそんなふうにでっぷりと太ったりはしない、そう挑発すると、彼はただ一言、がまんのきかない性格なんだ、と笑った。

亡くなった祖父とは高校卒業まで同じ家で暮らしたのに、いつからか、ろくに話もしなくなった。いしかばとのおしゃべりの途中でそんなことを思い出してしまい、心臓がしぼんだ。

料理を食べ終わるまで、一時間とすこしかかった。わたしが先に出て、指定のバーに向かう。いしかばは窓から見届けたあとで支払いを済ませ、駅前のコーヒーショップで待っている。そういう段取りになった。

「じゃ、行ってくる」

「りりさん」

「なに」

「よろしく、頼む」

「はいはい」

外に出た途端、足に違和感を覚えた。爪の割れたあたりに少しの痛みがあったけど、そのまま歩きだした。

お店の名前は『プラスチック・スプーン』といった。重い木の扉を引っ張って開けると、カウンター席が七つだけのバーで、丈《たけ》の高いスツールはすべて埋まっていた。店主らしき男性が奥からわたしを見てちいさく頭をさげた。

「すみません、ちょっと、いまいっぱいで」

頬から顎に薄く髭を生やした店主は、愛らしい笑顔を見せた。

「みたいですね」

ほら、のんびり食事なんかしてるから。レストランに駆け戻って、いしかばを叱《しか》る場面が浮かぶ。大庭かおるがいるかどうかだけでも確かめておこうかと客の後ろ姿を順に見ていると、ひとりの男性客がこちらを振り返り、スツールから飛びだすように降りた。

「おれ、出るよ」

その若い男性はおだやかな笑《え》みを浮かべた。颯爽《さつそう》とこちらに歩いてくる彼に気《け》圧《お》されるように、わたしはありがとうと言った。

「おれ、毎晩来てるし、そんなのが居座るよりもかわいい女性が新しく常連になってくれたら、みんなも、おれも、嬉しいでしょ」

ずいぶん軽薄《けいはく》なしゃべりかただったけど、悪い気はしなかった。彼は店主を振り返り、「なあ」と言った。それで彼の一杯分が店のおごりになった。

空いた席に座ると、右隣の女性が「こんばんは」と声をかけてきた。女性客は彼女だけだった。

つまり、大庭かおるだ。

「はじめまして」とわたしは言った。

ショートカットで低い鼻。頭が小さくて、目は開いてるのかどうか判断に悩むくらい細い。Tシャツにジーンズというシンプルで子どもじみた服装で、指にも耳にも装飾品の類《たぐい》はない。

容姿は、一言《ひとこと》で片付けるなら、地味。臆病なリスが人間に姿を変えられたら、多分、こんな具合だろう。

「大庭です」

「いしかばです」とわたしは思わず言った。「いしかばりりこ」

初めての客には好きなものを一杯ごちそうするのが決まりだと店主に言われ、ビールを頼んだ。大庭かおるもビールを追加し、氷並みに冷えた新しいグラスでわたしたちは乾杯した。

いつのまにかチーズの盛り合わせとスライスされたチョリソーが手元にあった。ビールをおかわりした。大庭かおるもつきあってくれた。彼女がぐいぐい飲めることに、わたしは内心驚いていた。

どこらへんに住んでるのか、どんなお店が好きかといったことを話しながら、ゆるゆると話題は移っていった。大庭かおるも興《きょう》が乗ってきたのか、口調がだんだん無防備になっていった。

「だってうちなんて両親そろって教師だから」と彼女は忌々《いまいま》しげに言った。

「うちも!」とわたしは答えた。

「ほんと? わたしなんかさ、父親が勤務してる中学に通ったんだよ、三年間。しかも父親体育教師で、最悪すぎて泣けた」

「あー、それはやだ、わたしそんな経験ないけど、自分の親に学校で会うとか無理、ぜったい無理」

「夏とかね、ほんとやだった、プール爆発しろって思った。え？　りりこさんとこも、ふたりとも先生だったの？」

「そう言ったじゃん」

　そのあたりから、わたしたちにはいくつかの共通点があることが明らかになっていった。

　五年前のちょうど同じころに京都を旅行してたから、すれちがってたはずだと決めつけた。前世でも友達だったりしてー、とカマをかけるみたいに言ってみた。そうかもー、と彼女は言った。

　恋愛の話になり、大庭かおるも最近、男と別れたのだと知った。わたしは怒った。その男をいますぐここに呼び出せと命じた。大庭かおるを切り捨てた男を糞《くそ》味噌《みそ》に叱り飛ばしてやりたかった。なのに彼女は、もう忘れたから大丈夫、と本当に大丈夫そうに笑った。

「大庭さんは、元カレのSNSとか見ないの？」

「見ないよー、ぜんぜんそんなことやらない人だったし」

「検索したりしない？」

「わたしもそういうの疎《うと》いから」

「あ、そうなんだ」

「りりこさんは、そういうのやるの？」

「やるやる、電脳ストーカーだよ、わたし」

「いいねー、未来だねー」

彼女は万事理解した表情を見せた。オカズのことを初めて笑い話にできて、この人とならら宇宙ステーションでふたりきりで同居してもいい、そんなことを思った。

少しの間をおいてから、彼女は「いろいろ考えてたらおなかすいた」と無邪気《むじゃき》に笑った。

店主が「なにかつくろうか」と提案すると、大庭かおるは期待でいっぱいの表情を見せ、首を縦に振った。カクテルを作る合間《あいま》にリズミカルな動きで、店主はオムライスと唐揚《からあ》げを用意した。

薄暗い店内でオムライスは内側から光るみたいにつやつやとしていて、小振《こぶ》りのバスケットに盛りつけられた唐揚げに添えてあるレモンを「かけていい？」とわたしに確認してから、大庭かおるはバスケット上空を旋回《せんかい》させるようにレモンを搾《しぼ》った。そして、搾りおえたレモンをがぶりとくわえた。

「すっぱ！」

わたしの大笑いが店内の客たちに伝染して、大庭かおるにまで広がった。それからオムライスを小皿に取り分けてくれた。料理はどちらも、素直な味だった。飛びあがるほどじゃないけど、口に入れるとすぐ舌に馴染《なじ》む。

唐揚げは手づかみでいった。食べ終わると大庭かおるは指先を舐めた。わたしも真似《まね》した。新しいおしぼりが、いつのまにかすぐそこにあった。

そろそろ本題だ。

「やっぱり夏って帽子欲しくなるよね」と切り出した。「しばらく探してるんだけど、なかなかこれっていうの見つからなくて。とかいってるうちに毎年ね、秋になる」

「どういうの探してる？」

「あ、うーん、どんなんかな、ピンとくるやつならなんでもいいんだけど、そんなだから見つからないのかな」準備不足を痛感しながら、言葉の続きをさがした。「ふだん帽子かぶらないってのもあって、どんなのが似合うかわからないし」

「そうだね」と同意しながら、大庭かおるはバッグから手帳と鉛筆《えんぴつ》を取り出した。

方眼《ほうがん》の罫線《けいせん》をからかうみたいに自由なタッチで描きだされる線は、すぐに帽子の形になった。まるっこいベレー帽のようでもあり、だけどトップにおおきなリボンがあしらわれていて、鉛筆をすこし寝かせたかと思うと、彼女はそこに薄い色を重ねていった。

「かわいい」

思わず、声が出た。

「こういうのだと思う、りりこさんに似合う帽子」と、彼女は真剣な目つきで述べた。

まさか、とわたしは否定した。そんなかわいらしいものが似合うとは思えなかったけれど、大庭かおるは絶対の確信を持って「似合うよ」と言って、こう続けた。

「わたし作ってもいい？」

そうして彼女は、帽子作りにまつわる経歴を語りだした。

ほぼ、いしかばに聞いたとおりで、言葉自体は控えめだけれど、子どもが手柄《てがら》を披露《ひろう》するときに似た高揚感《こうようかん》が後光《ごこう》のようにきらきらとして、彼女のひそかな自信を裏付けていた。それがまぶしくて、いらいらした。

既《すで》に知っていることを念入りに聞かされるもどかしさもあったけれど、わたしが育《はぐく》んでいたのは、「嫉妬《しっと》」だった。

それが「嫉妬」だと気づいたときにはもう手遅れで、大きくなりすぎた獰猛《どうもう》な感情を檻《おり》に戻すこともできないばかりか、大庭かおるがロンドン行きについて言《げん》及《きゅう》するに至って、怒りはさらに倍加した。

海外に行った経験もなく、費用は自腹で、貯金を使い果たすことになるけど、その結果が自分の才能の無さを明らかにするだけかもしれなくて、迷ってる。

さっきまでの無邪気な自信ときっちり同じ振り幅の弱音を聞かされて、わたしは嘲《あざけ》ることも安心することもできず、ただただ苛立《いらだ》ちを強くさせていった。

「それに、みんなもそう言うんだ、わたしに留学は合わないって。それよりこっちで着実に経験積んでったほうが、長い目で見ればプラスだろうっていう人もいて」

わたしはビールを飲み干した。大庭かおるは、まだ続けるつもりらしかった。

「でもやっぱり行きたい気もして、どうしたらいいのかぜんぜん」

「行けばいいでしょ」

窮屈《きゅうくつ》なくらいの店内に、わたしの声が響いた。

「さっきからどっちなわけ？　背中押してほしいの？　引き留めてほしいの？　どっちでもいいけどさ、でもね、もしあんたが今のところに留《とど》まってもね、誰もそれについて責任とらないし、誰もそれを心から喜んだりもしないし、ほらみろ、そういう結論しか出せないんだから身の丈にあったやりかたで行けって、ほかの連中が笑うだけなんだから。でも、そうだよね、それであんたも安心するんでしょ？　大きな失敗にぶちあたらなければ、それが幸せだって思えるんでしょ」

大庭かおるはきょとんとしていた。

店主がわたしたちの前に移動してきたけど仲裁《ちゅうさい》に入る様子じゃなかったから、わたしは続けた。

「あのね、どっちにしても駄目《だめ》にするのはあんたなんだ。諦めきれないっていうなら、しばらくはそうやって、可能性だけぷかぷか浮かべて眺めてればいいよ。部屋から出ることもしないなら、明日の朝にはしぼんで、床で死んでるから」

なにも言い返してこなかったけど、ほのかな照明の下でも、彼女が頬を赤く染めているのは見てとれた。

知るか。

声に出さず、わたしは思った。

知るか。この女がこの先どうなろうと知らない。知りたくもない。

来世でも過去でもどこでもなんでも、こんなのといっしょになるなんて無理だし、添《そ》い遂《と》げるなんて、どんだけ苦行《くぎょう》だ。

店主が新しいビールを出してくれた。たしかに、喉《のど》が渇いていた。ところが、わたしが手を伸ばすより早く、横から細い手がさっと伸びてきて、まだ霜《しも》のついたグラスを奪い取った。

かけられる！

思ったわたしは、とっさにスツールから降りようとした。

でも予想は外れ、大庭かおるはグラスを力強く自分の口へ持っていき、ビールをぐっと飲んだ。

わたしに見せつけるみたいに、上半身をこっちに向けたまま背中を反《そ》らせる勢いでピンと伸ばし、目を閉じて飲んだ。きゃしゃな首の中央で、喉がビールを迎え入れる動きが力強かった。

とつぜん、なにかが破裂して、わたしはびしょぬれになっていた。

大庭かおるがビールを噴きだし、その飛沫《ひまつ》がわたしの顔に、胸に、飛びかかってきた。目にまで入った。グラスの割れる音が聞こえた。

わたしは片目を閉じたまま、手探りでおしぼりをつかんだ。そいつで顔を荒っぽく拭いながらトイレに入り、広めの洗面台で顔を洗った。大庭かおるが派手に咳《せ》きこむのが聞こえてきた。

なんで？

なんで？

なんでこんなところで、こんなことで、顔なんか洗ってんの？

ぬるい水を顔に浴びせていると、だんだん、ばかばかしくなってきた。

男の声で「タオル」というのが聞こえ、そちらに手を出すと、やわらかいタオルを渡された。顔を拭いて横を見ると、店主だった。口を閉じたまま、薄く髭の茂った左頬にえくぼをつくってから、店主はドアを閉じた。鏡に映るわたしは、顔の下半分が白いタオルで隠れて、目の赤みが際立《きわだ》って見えた。

イシカバカバ。

イシカバカバ。

まったくほんとに、イシカバカバ。

いくら唱えたって、目の赤みすら消えてなくならない。

絵本に教わった呪文の正体を知ったのは、高校からの帰り道だった。なんの脈絡《みやくらく》もなく、ふと気づいた。「ばかばかしい」を裏返しただけで、つまりそれは「ばかばかしくない」ということで、「イシカバカバ」は現実そのものを指す言葉だ。

気付いた途端、積み重ねてきた魔法が解けた気がした。そんな理屈を捏《こ》ねるようになってしまったのが、もう魔法を使えないことの烙印《らくいん》なのかもしれない。

自衛の壁をすべて取っ払われたようで心細く、それでもわたしは懲《こ》りずに「イシカバカバ」に縋《すが》りつづけた。大人になっても、恋に破れても。魔法の終わりに気付かないフリをして。

「ばかばかしい」

鏡に向かい、声に出して、言ってみた。

今夜のこれは、まったくほんとに、ばかばかしい。

こんなことやってる場合じゃない。大庭かおるの将来より先に自分だ。来世のことなんて、もっとずっとあとまわしだ。死んでからで間に合う。

そう思った瞬間、大庭かおるに放った言葉のぜんぶが跳《は》ね返ってきた。

彼女がぶちまけたビールは、ぜんぶ、わたしの言葉だ。ばかばかしいのは、わたしのほうだ。

ひどい顔だったけど気にしてられなくて、トイレを出た。タオルで口元を拭っている大庭かおるに、わたしは言った。

「ごめん」

彼女も慌《あわ》ててスツールを降りて「こっちこそ、すみません」と頭をさげた。彼女を追いかけるみたいにスツールが倒れた。みんな笑った。

仲直りの証《あかし》にもう一杯飲んだ。それも店のおごりになった。

メイクを直して彼女といっしょに外に出て、別れ際に訊いてみた。ロンドンに行くのかと。わからない、と彼女は答えた。

「でも、ちゃんと自分で決める」

よかった、とわたしは言った。ほかに言葉を見つけられなかった。

ロンドンがどんな場所かもわからず、細すぎる平均台を爪先立ちでふらふら歩く大庭かおるしか想像できなくて、自分がいかに無責任なことを言ったのかは理解できたけど、なにひとつ取り消すつもりにもなれなかった。

暗い路上で、手を振ってわかれた。

彼女の進む先には街灯《がいとう》のほかに光はなくて、ぽつり、ぽつりとつづいていく灯りを見つめながら、わたしはなぜだかうまくいく気がした。

いしかばはなんにも言ってなかったし、大庭かおるが決断したからといって、なにもかもが好転するわけでもないだろう。苦難と苦闘の連続なのは間違いなくて、それでも、闇に点在する灯りと同じように、この先にも良いことは巡ってくるはずだし、その点を結んでいけば道は続いていくんだろう。

それは、彼女に限ったことじゃない。

♣

駅前のコーヒーショップでいしかばと合流した。

生クリームたっぷりのフラペチーノを、いしかばは太いストローですすっていた。わたしはアイスティーにした。

「うまくいったろう」

いしかばが言った。

「とうぜん」と、わたしは答えた。

「とうぜん、な」

「いしかば」

「なんだ」

「奥さん、どんな人だった」

「それはもう素敵な女性だった」

「具体的なこと教えてよ」

「なにかにつけ、ぼくの尻を蹴《け》り上げてな」

「ははは、いい人じゃん」

「楽しみにしておきなさい、会えるのを」

「いやいや、わたしまだこの人生あるんだけど、まだけっこう長いんだけど」

いしかばは声をたてずに笑いながら、プラスチックのスプーンで生クリームをどっさりすくって口に運んだ。

「長いよね？」

不安がよぎって、確認した。

「長い」

「よかった。ああそうだ、さっき思ったんだけどさ、大庭かおるとわたしって似てるとこあって、あのさ、みんなが同じ魂って可能性はあるのかな」

いしかばは右の眉《まゆ》を、くっ、とあげた。

「つまり、どういうことかな」

「七十億の体をひとつの魂が順繰《じゅんぐ》りにまわってるの、七十億っていうか、これまでとこれからの人間のすべてが順繰りになってて、ひとつの魂が時間の都合なんて無視してぜんぶの体をまわってる」

わたしの目の奥に、べつの生き物でも見るみたいに、いしかばはしばらくこちらを見つめてから言った。

「おもしろい考え方だ」

「でもやっぱ違うか。みんなが同じ魂なら気持ちのすれちがいなんて起きないし」

「そうかな？　自分自身とも摩擦《まさつ》や行き違いはあるだろう？　他人より、自分をごまかすほうが簡単だろう？」

「ああ、うん、まあ」

しばらく、わたしは考えを巡らせていた。いしかばがこちらを見つめているのにも気づけずにいた。

「りりさん」

「ん」

「お礼をしなくてはな」

「え？　なになに？　財産でもあんの？」

「ある」

「いいよ、冗談だって」

「来週の日曜、ここに来てくれ」

いしかばは一枚のメモ紙をこちらに寄越《よこ》した。几帳面《きちょうめん》なほどきれいに折りたたまれた薄い黄色の紙を開くと、住所が書かれていた。

「いしかばんち？」

「正午くらいかな」

「気が向いたらね」

断るのも無粋《ぶすい》だから一応は受け取ったけど、いしかばもわかってたはずだ。もう、会うつもりがないことを。なにしろ、わたしたちは魂を共有してるのだから。

「いしかば、わたしの人生、生きてよかったと思う？」

「りりさん」

いしかばは口を固く結び、鼻から息を吐き出した。白い髭が、かすかに揺れた。また呆れさせたのだと理解した。でも、違った。

「イエス」

親指を立てて、いしかばは笑った。


翌日。仕事で失敗が続いた。

どうせ辞めるから嫌がらせかと、スルガに責められた。

火曜日も水曜日も似たようなことがあった。

そして木曜日。スルガと得意先へ移動してる途中、炎天下《えんてんか》の歩道で彼が倒れた。体から骨をまるごと抜き取られたみたいに、とつぜん、力なく、ふらりと。

なのに地面に体のぶつかる音は鈍く、重く、鳴った。

呆然《ぼうぜん》としていると、誰が呼んでくれたのか救急車が現れ、言われるまま、病院まで付き添った。窓のない車内は閉塞感《へいそくかん》が濃すぎて、ぜんぜん動いてなんかいない気がした。

ようやく着いたどこだか知らない病院は迷子になりそうなくらい巨大で、どっちに走っても行き止まりだった。非常階段の踊《おど》り場で会社に電話をかけた。すさまじい暑さだった。

スルガの上の人間がやってきて医師と話をした。しばらく入院が必要ということだった。

帰社するよう言われてわたしは従った。

心がざわついて、暑いのに寒がってるみたいだった。会社の人間ではなくスルガの家族が飛んできたなら、すこしは違ったのかもしれない。でも、すぐに連絡のつく近親者が、スルガにはいないらしかった。

午後早い時間のがらんとした電車は、意識を薄暗い場所へ運んでいった。すぐに救急車を呼べたはずなのに、どうしてわたしは、こうスタートが遅いのか。倒れたのがわたしのほうだったら、スルガはわたしが地面にぶつかるより早く携帯を取り出して、１１９番したに違いない。

二年前、祖父が亡くなった日のことだ。前夜から意識が戻らないのだと連絡を受けていたから、覚悟はできていた。とくに話したいことがあるわけでもなかったし、もう充分だと感じた。入院生活も一年を超え、ベッドで暴れたことも何度かあったと聞いていた。

出社して、仕事に取り掛かってすぐに母から電話がかかってきた。まだ息はあるけど延命措置《えんめいそち》はしないことになったと聞かされ、電話を切ってすぐスルガに報告した。午後から早退させてもらえないか、できれば数日休ませてもらえないかと恐る恐る申し出たら、一喝《いっかつ》された。

「いますぐ帰りなさい!」

とるものもとりあえずといった体《てい》で会社を出た。一度帰宅して、準備をすませて再び外に出たのは、正午をまわったころだった。空港に向かうからっぽの電車に低い光線が注ぎこんできて、もう黄昏《たそがれ》みたいだった。

夜が来る前に地元に帰りつき、病院にすべりこんだ。言葉はかわせなかったけど、祖父の手を握ることはできた。

前に帰省したとき、絵本のことで祖父と言い合いになったのが最後の会話で、目を閉じた祖父に謝ろうかと考えたけど、もう、許されている気がした。

葬式が終わって、片付けも手伝った。祖父の通帳が五冊も出てきて、うち一冊はけっこうな額が入っていたけれど、残りの四冊はそれほどでもなかった。お金を嫌ったわりに貯めこんで、使うことなく死ぬなんて、ずいぶんと矛盾《むじゅん》しているように感じた。

少ないやつはぜんぶ下ろしてきてよ、と母に頼まれ、わたしは懐かしい自転車に乗り、銀行と郵便局をはしごした。最初の銀行でATMの前に立ち、母から預かったメモを開くと数字が四つ並んでいた。

わたしはすぐに外へ出て、駐車場の隅《すみ》で泣いた。

暗証番号は、わたしの誕生日だった。どの銀行も同じ番号だった。

たいした額ではないけれど、わたしにも遺産を渡すよう祖父は書き遺《のこ》していた。やっぱり、謝ればよかった。

日曜日、いしかばの家に向かった。

スルガが倒れたこと、そこでわたしが感じたことを、ちゃんと理解してくれる人物に話して、整理したかった。

朝からシャワーを浴び、カーキのショートパンツに赤いキャミソールをあわせ、ミュールを履《は》いて大ぶりのサングラスをかけて電車に乗った。

渋谷で乗り継ぎ、指示された駅で降りてからスマホに住所を入力して、現地までのルートを表示させた。徒歩で二十分近くかかるという情報に怯《ひる》んで、タクシー乗り場までの数十メートルだけ歩いた。

住所を告げ、スマホの画面を見せた。初老の運転手はわたしの脚《あし》を無遠慮に見た。生足《なまあし》だとやっぱり見られるんだな、と思った。違った。

「着きますよ」

言われて外を見ると、斎場《さいじょう》があった。

少し迷って、タクシーを降りた。

亡くなったのは「石樺薫」という人物だった。表に大きく、名前が出ていた。

二車線を挟んだ向かいの歩道から、わたしはしばらく斎場入口を見つめていた。

ああ、そういうことか。

奥さんのほうが、わたしの生まれ変わりなんだ。

いしかばは本当に「石樺」という姓で、名前は「かおる」で、きっと亡くなった奥さんが「りりこ」だったんだろう。

「りりさん」と呼ばれた理由も、すこし時間がかかったけれど理解した。日陰のない歩道で帽子が欲しかったけど、大庭かおるもそこにはいない。

誰かに肩を叩かれて、振り返ると真っ赤なTシャツ姿のいしかばがいて、くくく、と笑われる。そんな場面をしつこく想像した。

わたしは怒鳴《どな》りちらす。

この嘘つき！

すると、いしかばが言い返す。

長い目で見れば嘘じゃないだろう、ぼくはきみの生まれ変わりでもあるかもしれない、とかなんとか。

そんな夢想《むそう》でも、まだ現実になる可能性が残されている。斎場の中を確かめずにその場を去れば、現実は固定されずにすむわけで、だけど、駄目だ。ここまで来たのに逃亡するなんて、そんなの、それこそ、ばかばかしい。

腰布一枚で王宮に乗り込んでいく戦場帰りの英雄みたいに、わたしは車道を横切って大股《おおまた》に突き進んでいった。

立派な建物だった。

中に入るとざっと二百人くらい座っていて、花がびっしりと壇上を埋め尽くす光景は壮麗《そうれい》だった。

厳粛《げんしゅく》な場にあっては露出狂《ろしゅつきょう》も同然の格好だったけど、お構いなしに中へ入る。人々が唖然《あぜん》として、だけど読経《どきょう》の最中だからうまく対応もとれずにいるのをいいことにどんどん前進していって、棺《ひつぎ》の前まで来た。

遺影《いえい》のいしかばは、ばかばかしいくらい陽気だった。写ってないけど、このとき両手にチキンを持ってたんじゃないか。

場内がざわつくのを背中で聞いた。あと数歩近づけば、棺の中も見えるだろう。でも、そうはしなかった。

残念だね、いしかば、せっかくエロいかっこしてきてやったのに、見られないなんて。

会釈《えしゃく》のひとつもせず、わたしは棺に背を向けて歩き出した。歩きながらバッグに手を入れ財布を出し、一万円札を抜き出して受付に叩きつけてやろうと思ったけど、なんだそれ、と直前で我に返って、裸のお札を握りしめたまま、陽光照りつける外に出た。

服装はアレだけど、サングラスをかけてきたのは正解だった。

くそ。

くそ。くそ。

出てきたばかりの建物を振り返った。

来世で、来世っていっても過去に戻るけど、気分的には前世だけど、そこでいしかばのケツをさんざん蹴り飛ばしてやることを、わたしは決意した。

サングラスをはずして、裸の腕で目元を拭った。涙が冷たければいいのに、熱くて腹が立った。

「多喜田さん!」

誰かに呼ばれて、サングラスをかけた。振り向くと、黒い和服姿の老齢の女性が斎場から出てくるところだった。

いしかばの家内《かない》です、と彼女の口から出てくるより先に、そうだろうと思った。この場面を、知ってたみたいに。

「石樺りりこと申します」老女は丁寧《ていねい》にお辞儀をした。

白灰色の髪にふくよかな体つきで、顔立ちは柔和《にゅうわ》だけれど、目が強かった。

斎場に戻り、親族の控え室に通された。ビールを出されて遠慮なく飲んだ。

葬儀を乱して申し訳ありませんと謝ると、彼女は愉快そうに笑い、目尻を手の甲で拭った。

「いらっしゃることは、知っていました。ただ、信じられなかったけど」

葬儀に戻らなくてもいいのか訊ねると、二十分くらいは大丈夫でしょう、と彼女は答えた。

病《やまい》を得て死期を知ったいしかばは、奥さんを安心させたいがために、来世でも一緒になることを立証《りっしょう》しようとしていたそうだ。長く技術者として活躍し、引退した後も機械いじりをやめないような人物でありながら、オカルトめいた話も躊躇《ちゅうちょ》なく口にするところがあったという。

わたしと大庭かおるのことを、つまり自分たち夫婦の前世を夢で見た、ある日そんなことを言い出した。

いしかば自身、半信半疑で調べてみたところ、わたしと大庭かおるのブログを見つけた。

ふたりとも実在している、名前も一致する、これを偶然と片付けるほうがどうかしている。

そう主張した。

何年も更新していないブログに、そういえばリリーという名で赤裸々《せきらら》な文章を書いていたことを思い出した。いしかばは、それでわたしの過去を予習したのかもしれない。

「多喜田さん、ほんとうに、ごめんなさい」老女は困ったように顔をほころばせた。「こんなおばあさんじゃなく、もっと素敵な女性に生まれ変わると言えればまだしも、ねえ。だからどうぞ、お気になさらないで、ぜんぶ作り事なんですから、あなたにはご迷惑をおかけしまして、ほんとに、申し訳ないこと」

成功の可能性が五分五分の手術を、いしかばは三日前に受けた。失敗の側に運命は転がった。でも、なにが成功でなにが失敗なのか、いしかばの奥さんには線引きができないようだった。

「あなたがここに現れたら、それが来世の証拠だと、主人に言われたんです」

笑うしか、できなかった。

「ほんとうに、こうと決めたら譲らない人で」

「そうですね」

わたしの返事に、老女はすこしの驚きを含んだ笑顔を見せ、おおきく息を吐き出した。

「多喜田さん、だからあなたも、忘れるというわけにもいかないでしょうけどね、こんどのことは気にせずに、これから先を生きていってくださいね。こんな老人に振り回されて災難でしたでしょうけど、どうぞお許しください」

「いえ、あの、わたしも、楽しかったですし」

かあさん、と声が聞こえてきた。彼女は口元に笑みをたたえたまま立ちあがった。

ドアが開いて、すごく太った男性が顔を見せた。ぺこりと頭をさげ、ずんぐりとした親指を一本立てながら「戻らないと」と言った。いしかばを思わせる姿に、突然、涙があふれてきた。

「あの、すみません、わたし、旦那《だんな》さんに、お礼を言いたくて、言わなくちゃいけなくて、だけど、あの、ごめんなさい」

座ったまま泣き崩れるわたしの肩に、老女が手を置いてくれた。わたしは何度も謝り、もう行ってください、迷惑かけてすみません、と告げた。だけど、手のかすかな重みが離れることはなかった。

五分とは待たせずに済んだと思う。

どうにか心を落ち着けさせて、わたしも立ち上がった。もう一度、壇上に挨拶《あいさつ》へ行くかと誘われたけれど、さすがに断った。代わりにひとつ質問した。

「あの、旦那さんと生きて、しあわせでしたか」

別れ際に尋ねると、老女は即答した。「いいえ、たいへんなことばかりよ」と。

「でもね、楽しかった」

わずかにうつむきながら付け足す様子は、かわいらしかった。

契約満了の日もスルガは入院していて、誰にも叱られることなく、平穏《へいおん》に終わった。スルガにお礼のメールを送るのが、そこでの仕事の最後になった。

そして五年が過ぎた。

わりに目まぐるしい日々を、わたしは過ごしている。大庭かおると出会ったバーの常連になり、初めて訪れたときに席を譲ってくれた男性と付きあうことになった。彼と結婚して、子どもがふたり生まれた。

魂がいくつあるのかはわからないけど、生と死は、きちんと同じ数しか起こらないことを学んだ。つまり、どの一生も、その一度きりだ。

大庭かおるとの再会には、いまのところ恵まれていない。

近ごろのわたしは、傍若無人《ぼうじやくぶじん》な子どもたちの相手と、やさしすぎる夫の尻を蹴るのに忙しく、周りを呪う暇もない。

あの呪文を口にすることも、もう、ないだろう。

たぶん、来世まで。

Y u k i k o M a r

ハッピーエンドの掟

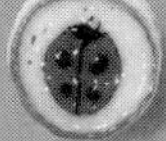

真梨幸子

大丈夫ですか？　声、聞こえますか？

「はい」

家はどこですか？

「横浜市戸塚区――」

お歳は？

「十一歳。小学五年生」

……今日が何日だか、分かりますか？

「今日は……昭和……四十六年――」


その日曜日。カラーテレビがやってきた。

小さなアパート、すでに家具がぎゅうぎゅうで、どこをどうやったってこれ以上は何も置けない。なのに、やってきたのは新発売されたばかりの馬鹿でかい家具調テレビ。運んできたおじさん二人も、苦笑《にがわら》い。どこに置くんだよと、困り顔。

「鏡台《きょうだい》をここに移動して、そして箪笥《たんす》はここに、ミシンをこっちに持ってきて、学習机はあっち、……ベッドはこのままね」

てきぱきと指示を出すママに従って、おじさんたちが鼠《ねずみ》のようにくるくる回る。そして一時間後、カラーテレビがようやく収まった。汗びっしょりのおじさんたちは、茹蛸《ゆでだこ》のような顔をして、白黒テレビを引きずりながらやれやれと帰っていく。

「アイコ！　ほら、スイッチ、入れてみなさいよ」

玄関先に避難していたわたしに、ママが声をかける。いかにも嬉《うれ》しそう。

「カラーテレビなんて、あんたのクラスでも持っている人、少ないでしょう？　学校がはじまったら、自慢してやりなさいよ。ちゃんと、絵日記にも書くのよ。今日、カラーテレビが来たって」

自慢したがっているのは、ママのほうじゃん。

「ほら、早く、スイッチ入れてみなさいよ、あんたのために、買ったんだからね」

あんたのために買ったんだからね。これは、ママの口癖《くちぐせ》だ。電話を引いたときも、熱帯魚と最新式水槽《すいそう》を買ったときも、クーラーを設置したときも、そして、このろくでもないロッキングチェアを買ったときも。

六畳一間《ひとま》、ヤモリが天井《てんじょう》に貼り付いているようなこんなボロくて古いアパートにロッキングチェア。どう考えたって、ミスマッチ。そもそも、畳の上に置くもんじゃないと思う。なのに、半年前、これも突然やってきた。その日も日曜日。「アイコのために買ったのよ」とママはお決まりの台詞《せりふ》を吐《は》いたけれど、それは言い訳。ママが欲しかっただけでしょ。どうせ、デパートで見かけて衝動《しょうどう》買《が》いしたんだ。このカラーテレビだって、ママが欲しかったに違いない。今日に間に合わせたのは、今夜、ママのお楽しみの日曜洋画劇場があるからだ。

ママは待ちきれなかったのか、自らテレビのスイッチを入れた。ブォーンと低い音を立てながら、画面にじわじわと色が広がっていく。ママとわたしは、息を呑《の》んでそれを見守る。何が出る？　何が出る？

「あ、マンダムのおじさん」「あ、ブロンソン」

わたしとママの声がきれいにハモった。

なに、ブロンソンって！　このおじさんの名前。変なの！

チャンネルを回したら、またマンダムのおじさん。

「ブロンソン！　ブロンソン！」

この響きが気に入って、わたしは続けざまに叫んだ。

「ブロンソン！　ブロンソン！」

どんどん！　砂壁《すなかべ》が微《かす》かに揺《ゆ》れる。

しぃ！　ママが唇に人差し指をあてた。お隣に迷惑だから声を落としなさい
……ということだ。

「はい、はい」

わたしは、冷蔵庫を開けた。冷凍室が、霜《しも》で埋もれている。

「ママ、霜、取らないと」

でも、ママはテレビのチャンネルをがちゃがちゃ回し続けている。ほら、やっぱり。カラーテレビが欲しかったのは、ママのほうじゃん。わたしはアメリカドラマの子役のように、肩を竦《すく》めながらカルピスを取り出した。

濃いめのカルピスが好きだ。コップ半分までカルピスを入れて、そして、冷水を注いで氷を浮かべる。クラスメイトに言わせると、それは贅沢《ぜいたく》なんだという。

そんなにカルピスを入れたら、親に叱《しか》られる……んだそうだ。へー、これが贅沢っていうんだ。わたしは、金色のマドラーで、とろりと美味《おい》しそうなカルピスをかき混ぜた。

確かに、贅沢かもしれない。部屋はオンボロだけれど、あちらこちらに最新のものが集められている。この春の家庭訪問のとき、担任のヨーコ先生も驚いていた。

「アイコさんの家は、いろんなものが揃《そろ》っているのね！　エンゼルフィッシュまで！」

きっと、ここまで揃っているのは、クラスでも数人だろう。

「お母さんに感謝するのよ。お父さんがいない分、お母さんが一生懸命働いているから、アイコさんも人並みに暮らせるのよ」

ヨーコ先生はなにかとわたしに目をかけてくれる。「夜、一人でお留守番は、さびしくない？」としょっちゅう声をかけてくれるし、「クラスメイトにからかわれてない？」と気にかけてくれる。

というのも、うちはいわゆる「母子家庭」というやつで、さらにママがキャバレーのホステスをしているからだ。授業参観のときなんか、クラスメイトの一人が、渚《なぎさ》ゆう子のようなミニスカートを着たママのことを指して「キャバレーのホステスみたい」と言ったばっかりに、ヨーコ先生の説教がはじまった。「職業に貴賤《きせん》はありません」。ママは真っ赤な顔をして、こそこそと教室を出て行った。だから言ったんだ。授業参観のときは、もっと『お母さん』らしい格好《かっこう》をしてって。

「お母さんらしい格好って、どんなの？」というママの問いにそのときは答えられなかったけれど、そう、今のような格好だ。テレビのチャンネルをいろいろいじっている今日のママは、まったく『お母さん』らしい。髪を無造作《むぞうさ》にひとつに束《たば》ねたエプロン姿。今日はお店がお休みだから、美容院に行って髪をセットする必要も、化粧《けしょう》をする必要もない。服だって、森光子《みつこ》が着ているようなアッパッパー。

あ、ママ、もう三時になるよ。銭湯《せんとう》が開く時間。今日は一番風呂に入ろうと、朝から決めている。わたしは洗面器を棚から下ろした。あとは、タオルとパンツ。……あれ？　ねえ、ママ、パンツがないんだけど、お気に入りの、ピンクのパンツ。フリフリがついているやつ。

なのに、ママは時計を見ると「あ」と小さく叫んだ。

「いやだ、もう、こんな時間」

「そうだよ、銭湯に行く時間だよ」

「ママ、ちょっと出かけなくちゃ」

「今日、お休みでしょう?」

「うん。でも、お客さんと約束があるのよ」

「銭湯は? 日曜洋画劇場は?」

「集金するだけだから、すぐに帰ってくるから」

「じゃ、夕飯も、それまで待つの?」

「なにか出前《でまえ》をとって」

「じゃ、チャーハンと、……ギョーザもつけていい?」

「うん、いいよ」

ママは、鏡台に座ると、いつもの早業《はやわざ》で変身していった。

ママが化粧をするのを見るのが好きだ。アイラインを引くときなんか、本当に魔法みたい。地味で小さな目が、見る見るぱっちりと華《はな》やかな目になる。まるで、いしだあゆみのよう。そしてヘアピースを取り出すと、それを手際《てぎわ》よく頭にぱちっぱちっと取り付けて金色のヘアバンドで仕上げ。すごい、本当に、いしだあゆみ！

さっきまでの『お母さん』も好きだけれど、やっぱり、きれいなママが好き。

「じゃ、行ってくるから。出前以外は、誰が来てもドアを開けちゃダメだからね。あ、電話もでなくていいから」

「電話も？」

「最近、変な電話がくるのよ」

そういえば、昨夜、無言電話があった。

「最近、物騒《ぶっそう》なのよ、この辺。大家さんの奥さんなんか、下着をとられたって」

あ、わたしのパンツもとられたのかも！

「熱帯魚には、もう餌《えさ》をあげたから。もうあげちゃダメよ。あんた、餌やりすぎて、一匹死なせてんだからね。それから――」

ママは、あれしちゃいけない、これしちゃいけないと延々《えんえん》と念を押す。分かっている。分かっているってば。毎日聞いてるから、もう暗記しちゃったよ！

「ママ、時間、大丈夫？」

「あ、もう行かなくちゃ」

そしてママは、慌《あわただ》しく出て行った。部屋には、ママの抜《ぬ》け殻《がら》のような洋服が散らばっている。何を着ていくか散々悩んだ挙句《あげく》、空色のパンタロンスーツを選んだ。シルク百パーセントのママのお気に入り。選ばれなかった他の服も、どれも素敵。きっと、他のお母さんは持っていない。

「一人でお留守番、さびしくない？」

先生は心配してくれるけれど。確かに、ちょっぴりさびしいけれど。

でも、今の暮らしが好き。だって、クーラーのおかげでこんなに涼しいし、夕飯は大好きなチャーハンとギョーザだし、カルピスも好きなだけ飲めるし、きれいなエンゼルフィッシュは六匹もいるし、今日からはカラーテレビも独り占め。わたしったら、まるでお姫様のようじゃない？

でも。

「ああ、不景気《ふけいき》、不景気」

これが、最近のママの口癖。集金が、あまりうまくいっていないみたいだ。詳しいことは分からないけれど、キャバレーに来るお客さんは、「ツケ」でお酒を飲むんだそうだ。その「ツケ」は、指名されたホステスが立て替える。つまり、「ツケ」を集金しないと、ホステスの給料が減る。だから、日曜日になると、ママは必死に集金しに回る。

先週の日曜日なんか、わたしまで駆り出された。ママは、あまり好きではないお客さんのときは、いつでもわたしを連れて行く。コブつきだと、面倒なことにならなくていいんだそうだ。でも、お客さんにしてみたら、とんだおまけ。先週のお客さんも、わたしの姿を確認すると、あからさまに変な顔をしてみせた。

白い車で現れたそのおじさんは、車と同じ白い麻のジャケットを羽織《はお》り、にやっと手を挙げた。下心が顔中に溢《あふ》れている。それを振り切るように、ママは言った。

「娘も連れてきちゃったんだけど、いい？」

おじさんはわたしの顔をちらりと見ながら、「ああ、もちろん、いいよ」と、残念そうに眉毛《まゆげ》をハの字に下げた。おじさんにしてみたら、ママとふたりっきりでデートを楽しむ予定だったのに。お気の毒。

「どこに行こうか?」必死に紳士《しんし》を気取りながら、おじさん。

「娘が、海に行きたいって」そんなこと、言ってない。

「じゃ、江ノ島《えのしま》は?」江ノ島なんて、つまんない。そんなとこに行くなら、家でテレビ見ていたほうがいいんだけど。

「そうね。江ノ島にしましょう。それでいいでしょう、アイコ」

とりあえず、うんと頷《うなず》いたけれど。……なんか、気持ち悪くなってきた。だって、この車、変なにおいがする。集金だけちゃっちゃっと済ませて、もう帰ろうよ。

そういうわけにはいかないのよ。ママの横顔がそう言っている。円満《えんまん》に集金するには、段取りが必要なの。

……段取りか。先週は、結局、集金は果たせなかったようだ。その代わりママは、指輪を買ってもらっていた。わたしも貝の標本セットみたいなものを買ってもらったけれど、そんなの、ひとつも欲しくもない、というか、邪魔だ。集金のお金がこんなのに化けちゃって。ママ、かわいそう。なのにママは、帰りにそのおじさんをこの部屋に上げた。手料理まで食べさせて。そこまでしたのに、集金できなかったなんて。世の中って、なかなかうまくいかない。

今日は、ちゃんと集金できるかな？　このカラーテレビだって高かっただろうに。電話代だって高いっていうし。エンゼルフィッシュの餌代だって馬鹿にならない。

あ、水槽、結構、汚れてきた。苔《こけ》が、水をうっすら濁《にご》している。砂利《じゃり》も、こんなに汚れて。明日、掃除《そうじ》してあげなくちゃ。

その日はお天気で、水槽洗いにはもってこいだった。昼前、ようやく起きてきたママに手伝ってもらって、エンゼルフィッシュをすべてバケツに移す。さて、これからが大変だ。水槽にとりつけてある装置をすべて取り外し、汚れた水を捨てて、砂利と流木《りゅうぼく》と水草《みずくさ》を取り出す。ここまでで二時間かかった。あとは、砂利を洗って。

アパートの共同洗い場に行くと、チエちゃんが洗濯しているところだった。チエちゃんはお隣さんで、一学年上のおねえさんだ。わたしがここに引越してきたばかりの頃はリカちゃんごっこをしたり、学校まで一緒に行ったりもしたが、最近はめったに話さない。いつから話さなくなったんだっけ？　と考えている間にも、チエちゃんは洗濯板でごしごしと、大変そう。

チエちゃんちは、お父さんもお母さんも、働いている。だから、こうやってチエちゃんが洗濯している姿を時々見かける。今日もきっと、ずっと前からこうやって立ちっぱなしで洗濯していたんだろう。シャツが汗びっしょりだ。

うちは、脱水槽つきの最新式洗濯機だから、洗濯はあっというまに終わる。チエちゃんちも、洗濯機にすればいいのに。

「新しい家に越すまで、洗濯機は我慢《がまん》だって」チエちゃんは言った。

「引越すの？　いつ？」

「お金がたまったら」

「それは、いつ？」

「わかんない。でも、もうすぐだって」

「チエちゃんちは、お父さんもお母さんも働いているから、すぐにたまるね。うちはママひとりだけだけど、結構貯金あるって」

「そう」

チエちゃんは、最後の洗濯物をしっかりと絞《しぼ》り上げると、それをカゴに放《ほう》り投げた。そして、「それは?」と、わたしが抱《かか》えているバケツを指した。

「水槽の砂利。エンゼルフィッシュの。今から、洗うの」

「そう。私、もう終わったから」

チエちゃんは、洗濯桶の中身をすべて流すと、早口で言った。

「私、行くけど、気をつけて」

「何に?」

「変なおじさん」

「なに、それ?」

「だから、変態《へんたい》だよ。さっきも、声をかけられた。その人、ズボン、はいてなかった。すっぽんぽんだった」

ズボンをはいていない、すっぽんぽんおじさん。それはどんなものか想像もつかないけれど、チエちゃんのあの怯《おび》えたような口調から、きっと、とんでもないバケモノなんだ。わたしは大急ぎで砂利を洗うと、家に逃げ帰った。

その夕方、エンゼルフィッシュを水槽に戻すと、わたしはやれやれとロッキングチェアに体を沈めた。

ママの化粧がはじまる。

「夏休みの宿題、終わったの？」付け睫《まつげ》に糊《のり》を付けながら、ママはいかにも『お母さん』らしい口調で言った。今まで一度だって、そんなこと訊《き》いたことなかった。夏休みがはじまって、もう一ヶ月以上も過ぎたのに。

「うん。あとは、自由研究だけ」わたしは、少し間《ま》を置いて、応《こた》えた。

「なに、自由研究って」

「だから自由なの。絵を描いてもいいし、なにかを作ってもいいし、観察日記でもいいし」

「で、あんたはなにをするの？」

「う……ん。絵本を……」

「絵本？」

「ううん、まだ決まってないんだけど」

「でも、来週には学校、始まっちゃうんだよ？　悩んでいる場合じゃないでしょ」

ママの言うとおりだ。

来週には、学校がはじまる。

「絵本、いいじゃない。それにしなさいよ」付け睫を爪楊枝《つまようじ》で目の際《きわ》に貼り付けながらママ。「あんた、絵、描くの好きなんだから」

そんなに簡単に言わないでよ。絵はなんとかなるけど、お話が作れない。今までもいろいろと試してみたけれど、どれもいまひとつだった。

ああ、こういうとき、魔法が使えたら。明日の朝、目覚めたら、枕元《まくらもと》に完成した絵本が置いてあったらいいのに。

「うそ」

翌朝、目覚めると、枕元に絵本が数冊。

魔法？……そんなわけない。そんなに現実が、甘いはずがない。

ほら、やっぱり。それらはどれも本屋で売っているもので、魔法で出したものではない。たぶん、ママが買ってくれたものだ。参考にしろってことだろう。

当のママは、鼾《いびき》をかきながら熟睡中だ。また、化粧を落とさずに眠ってしまったらしい。付け睫は頬に張り付き、アイラインが目の周りを真っ黒にしている。そして、お酒の臭《にお》い。お酒、飲んだんだ。お酒、飲めないのに。でも、時々、酔っ払って帰ってくることがある。そういうときは、たいてい、なにか事件が起きる。前のときは、お店を辞めた。なんで急にそんなことになったのか分からないけれど、アパートまで変わるハメになった。失業中だったママが借りることができたのは、このオンボロアパートだけ。一年前のことだ。

もしかして、また引越し？　このアパートに未練はないけれど、転校は面倒臭い。いろいろ注目されるし、いろいろ質問される。お父さんはなにしているの？　この質問が一番厄介《やっかい》なんだ。

ま、そんな心配より、まずは宿題の心配だ。自由研究。取り掛からないと、間に合わない。わたしは、枕元の絵本を一冊、開いてみた。

アンデルセンの人魚姫。

ああ、これ、前にテレビアニメで見たことある。あれは、ひどい話だった。あれじゃ、人魚姫がかわいそう。王子への想いは通じないわ、泡《あぶく》になっちゃうわ。許せないのは王子だ。恩知《おんし》らずというか、鈍感《どんかん》というか。人魚姫も人魚姫だ。あんな王子なんて忘れて、もっと他の幸せを探すべきだ。これからの時代は女も自立するべきだって、テレビでやってた。ウーマンリブ万歳！……そうだ。

閃《ひらめ》きってやつが、わたしの頭におりてきた。頭の中で物語が猛スピードで出来上がっていく。

人魚姫と王子の立場を逆にしてしまえ！

わたしは、朝の歯磨きもラジオ体操のことも忘れ、学習机にかじりついた。

――人魚姫に恋をした人間の王子、人魚姫が吹く笛の音を、毎夜、岩の陰から聞いています。しかしある日、人魚姫は笛を失《な》くしてしまいます。大切な笛、お母様の形見《かたみ》。嘆《なげ》き悲しむ人魚姫。それを見ていた王子、一族に代々伝わる家宝《かほう》の「魔法の笛」をこっそり持ち出し、それを人魚姫に与えます。
が、その行為が魔王の逆鱗《げきりん》に触れ、王子は生きながらに腐って死んでしまいます。

一方、魔法の笛を与えられた人魚姫は、魔法の力で憧《あこが》れの人間になり、望み
のものも次々と手に入れ、世界一の大金持ちになります。そして、世界中のハン
サムに囲まれて、末永《すえなが》く幸せに暮らしました。メデタシメデタシ。

それから三日間。わたしはとり憑《つ》かれたように、絵本作りに没頭《ぼっとう》した。それが
出来上がったときの達成感は、大人になっても忘れないだろうと思った。
だって、我ながら、いい出来だった。傑作《けっさく》だと思った。元ネタがアンデルセン
の「人魚姫」だなんて、先生も気づかないと思う。だって、ちょっと捻《ひね》りをきか
せたし、独自にアレンジもしてみた。江ノ島で買ってもらった貝を貼り付けたの
も、なかなかのアイデアだと思った。絵に迫力が出た。まあ、ちょっぴり、絵本
を写しちゃったところもあるけれど。だって、仕方がない。明後日《あさって》には学校がは
じまる。

いやー、それにしても、このラストはなんて素晴らしいのだろう。やっぱり、ヒロインには幸せになってもらわなくちゃ。みごとな、ハッピーエンド！


「では、次に、アイコさんの作品です」

始業式の翌日、自由研究お披露目会《ひろめかい》。ヨーコ先生に呼ばれて教壇《きょうだん》に立つと、わたしは胸の高まりを抑《おさ》えながら、「人魚の笛」と名づけた手作り絵本を朗読《ろうどく》した。最後の文章を読み上げたとき、わたしは心臓のドキドキで卒倒《そっとう》しそうになった。だって、ここでみんな感動して、拍手喝《かっ》さいの嵐が吹き荒れるはずだもん！

しかし、教室は静まりかえり、みんな、きょとんとしている。

「これでは、王子があまりにかわいそう」

女子のひとりが、そんなことを言いだした。

「そうそう、なんか、後味《あとあじ》が悪い」

「やっぱり、人魚姫は、罰《ばつ》を受けなくちゃ」

罰？　でも、人魚姫は特に悪いことはしてないよ。

「人魚姫のせいで、王子が、腐って死んだじゃない」

それは、王子が家宝の魔法の笛を盗んだからで、自業自得《じごうじとく》で死んだんだ。人魚姫には関係ないじゃん。

「それでも、魔法の笛を悪用した人魚姫は悪い人だ」

えっ。悪用？……悪い人？

「そうだよ。あんな贅沢をして」

でも、魔法を手に入れたら、お金とか宝石とか名誉とか、そういうのが欲しくなるのが人間じゃない。……人魚だって同じだよ。

「はい、はい。みんな、静かに」ヨーコ先生が、手をぽんぽんと叩《たた》いた。「では、みなさん。アイコさんが作った『人魚の笛』は、どうすればよくなると思いますか？」

よくなるって……。今のままじゃ、よくないってこと？

「ハッピーエンドにしないといけないと思います」

いやいやいや、これは立派なハッピーエンドですけど？　だって、人魚姫は幸せになったんだよ？

「では、どうすれば、ハッピーエンドになると思いますか?」

「人魚姫は、蛙《かえる》になればいいと思います」

えっ。蛙?

「昔話では、悪い人は、たいがい、蛙になるもんです」

「でも、蛙になるのは、なんの罪もない人の場合もありますよ」

「その場合は、ちゃんと人間に戻るからいいんです。でも、『人魚の笛』の人魚姫は、絶対人間には戻らないように、終身蛙《しゅうしん》にしたほうがいいと思います」

終身蛙ってなによ? なんで! 人魚姫は、なにも悪いことしてないのに!

「そうだ、そうだ、蛙にしちゃえ!」

男子が、おもしろがって、茶々を入れる。

「では、多数決《たすうけつ》をとりましょう。人魚姫は蛙にしたほうがいいと思う人」

ヨーコ先生が言うと、クラスのほとんどの手が挙がった。なんで、なんで、なんで?

「では、どうやって蛙にすればいいと思いますか?」

先生が質問すると、いつもはほとんど発言しない女子が、すくっと立ち上がった。

「王子のお父さんが、息子の復讐《ふくしゅう》をするために、魔王に頼んで人魚姫を蛙にする……というのがいいと思います」

「それは、王道《おうどう》ですね。他にはありますか？」

それから、人魚姫を蛙にするありとあらゆる方法が挙がった。わたしは、いたたまれない気分で、しゅんと背中を丸めた。

もう、蛙でもなんでもいいです。みんなの言うとおり、人魚姫は蛙にします。だから、もう、やめてください……。

放課後、自由研究の絵本を書き直している間に、わたし一人が残された。

暑い。見ると、窓はすでに全部閉められていた。西日が燦々《さんさん》と降り注いでいる。西日の中に人影が見えた。正門に向かって、せかせか歩いている。それは見覚えのある後ろ姿で、わたしは目を細めて、その輪郭《りんかく》を追った。しかし、後ろ姿はまもなく、正門向こうに消えていった。

しばらくして、ヨーコ先生が教室にやってきた。

「お母さん、酔っ払って帰ってくることあるの?」

「え?」

「ううん。ちょっと心配になって。ご近所の方が、酔っ払ったお母さんを見たって」

近所の誰かに見られていた? もしかして、さっきの後ろ姿……。

「たいしたことないです。大丈夫です」

わたしは、語調《ごちょう》を強めて応えた。

「本当に? なにか、困ったことない?」

「困ったこと?」

特に思いつかなかったが、なにか言わなければ先生の質問攻めが終わらないような気がして、わたしは言った。

「パンツを盗まれました」

「パンツ?」

「下着泥棒です。なんか、最近、変な人がうろついているって」

「それは、怖《こわ》いわね。夜、一人で留守番、大丈夫? 怖くない?」

「もう、慣れましたから」

「アイコさんは、いつから、一人で留守番しているの？」

え、いつからだろう。物心《ものごころ》ついた頃には、もう、夜は一人だった。

「じゃ、幼稚園に入る前から？」

「はい。たぶん」

「そんなに前から、お父さん、いらっしゃらないの？」

「はい」

「お父さんのこと、覚えている？」

「覚えてません。わたしが生まれるとすぐに死にました」

「亡くなられたの？」

先生の顔が、妙な具合に歪《ゆが》んだ。

「変なこと聞いて、ごめんね。ただ、先生、アイコさんのことが心配なのよ。夜、子供がひとりで留守番するなんて、やっぱり、少しおかしいと思うの。近所の人も心配しているのよ。子供には、やっぱり、お父さんが必要だわ。お父さん、欲しくない？」

いや、特に欲しくないですけれど。というか、想像もつかない。

「お父さんとお母さんと、そしてアイコさんの三人で暮らすのが、自然だと思うのよ」

お父さんとお母さんと、わたし？　……わたしは、その様子を想像してみた。でも、すぐにやめた。だって、それはなにかものすごく息苦しい光景だった。やっぱり、今のままでいい。今の暮らしが好き。

下校を促《うなが》す音楽が流れる。

もう、帰らなくちゃ。

四時までに帰らないと、ママのお化粧が見られない。でも、絵本のラストを直さなくちゃ。……まあ、いいか。家でやろう。

「お父さん、欲しくない？」

もう、先生、しつこい。でも、ここで本音を言ったら、ますます足止めを食らいそうだ。嘘《うそ》も方便《ほうべん》。

「はい、お父さん、欲しいです」

わたしがそう応えると、先生は満足気《まんぞくげ》に微笑《ほほえ》んだ。

「じゃ、もう帰りなさい」


家に戻ると、もうママは仕事に出かけていた。

変なにおいがする。煙草《たばこ》のにおい？　でも、ママが吸っているやつじゃない。

前にも、こんなにおいがした。いつだったろう？

卓袱台《ちゃぶだい》には、メモ。

『洗濯物、取り込んでおいてね』

そして、夕食が用意されていた。

「冷凍ハンバーグか……」

出前がよかったのに。この冷凍ハンバーグ、嫌い。でも、せっかくママが作ってくれたんだし。

わたしは、すっかり冷え切ってかたくなったハンバーグに、箸《はし》を入れた。ちょっと、嫌な臭いがする。

口に入れると、ぐにゃりと生臭《なまぐさ》かった。噛《か》めば噛むほど、吐き気がこみ上げてくる。頬がぱんぱんに膨《ふく》らみ、涙がじわりと瞼《まぶた》を濡《ぬ》らす。でも、ママが作ってくれたんだから。わたしは目を堅《かた》く瞑《つむ》り、それを飲み込んだ。ここまでで、今日の全体力を使い切った感じだ。でも、ハンバーグはまだまだ半分以上、残っている。

……無理だ。全部は、無理だ。でも、残したら、ママが残念がる。どうしよう?

押入れから新聞紙を引っ張り出すと、残りのハンバーグをそれで包んだ。アパートの裏に、ちょっとした空き地がある。あそこに、捨ててしまおう。そしたら、ママにも知られずに済む。

「家から出ちゃ、駄目《だめ》よ」

分かっている。でも、今日だけ。わたしは、夕日がすっかり落ちきるのを待って、外に飛び出した。

小さな街灯《がいとう》がぼんやり輝いている。この時間、街は思いのほか暗かった。人はひとりも歩いておらず、ただ、虫の音がうるさい。アパートの裏側に回ると、溝《どぶ》川《がわ》にかかっている細い板を渡る。昼間だったら四、五歩ですいすい渡れる距離なのに、なかなか前に進まない。わたしは、横歩きでそろそろと向こう側を目指した。

溝川の向こう側に、小さな空き地がある。夏休み前までは古い家があったが取り壊され、そのあとは特に管理もされていなかったものだから、雑草とゴミでジャングルのようになっていた。わたしは、空き地の隅《すみ》に放置してある冷蔵庫に駆け寄った。

どうして、そこに捨てようと思ったのかは分からない。でも、冷蔵庫の中なら、見つからないと思った。わたしは、どうしても隠したかったのだ。ママが作ってくれたハンバーグを残したことを。

しかし、冷蔵庫はなかなか開かなかった。なにかコツがあるのだろうか。それとも鍵《かぎ》がかかっているのだろうか、錆付《さびつ》いているのだろうか。どうしても、開かない。足に、何かが触《さわ》った。それはひんやり冷たく、もうこれ以上ここにいてはいけないとわたしに分からせるには充分なほど、気色の悪い感触だった。

溝川を渡ってきた生臭い風が、追い討ちをかける。わたしは、新聞紙の塊《かたまり》を投げ捨てると、家に急いだ。

やっぱり、ハンバーグだ。

二回もトイレに駆け込んだのに吐き気は止まらず、わたしは洗面器を抱えながら、電話機を見つめた。

なにかあったら電話しなさいと、ママがお店の電話番号を貼り付けてくれた。これまで、何度か電話した。地震があったとき、雷が鳴ったとき、怖い夢を見たとき、ヤモリが出たとき。どんなにくだらないことでも、ママは優しく慰《なぐさ》めてくれた。でも、今日は怒られるような気がする。

何度目かの吐き気がやってきたとき、電話が鳴った。ママだ！　きっと、ママだ。わたしのことが気になって、電話してきたんだ！

「ママ？」

でも、返ってきた声は、男の人だった。

「元気？」

寒気《さむけ》が足の先から物凄《ものすご》いスピードで、全身に回った。わたしは、放り投げるように受話器を戻した。

天井がぐるりと回って、わたしはその場で吐いた。

誰？　今の、誰？

どこかで、サイレンの音が聞こえる。

饐《す》えた、臭い。嘔吐物《おうとぶつ》を接着剤に、頬《ほ》っぺたが畳にべったりと貼り付いている。わたしはゆっくりと頬を剝《は》がし、よろよろと体を起こした。

テレビ画面は、砂嵐。カラーテレビでも砂嵐は白黒なんだな……などと思いながら時計を見ると、二時を回っていた。

ママはまだ、帰っていなかった。よかった。こんなところ見られたら、絶対、ママに叱られる。このゲロ、どうにかしなくちゃ。しかし、わたしは再び、同じ場所に倒れこんだ。力が入らない。頭がかっかっと熱いのに、体はものすごく、冷たい。

……お風呂、入りたいな。わたしのパンツ、どこに行っちゃったんだろう。ピンクのふりふり。えーと、二週間前まではあった。うん、あった。市営プールに行ったときにはいたもん。その二日後に江ノ島に行ったんだっけ。うん、その朝もあった。物干し竿《ざお》に干されていた。そのあとは、そのあとは……。あ、洗濯物、取り込んでおかなくちゃ。窓の向こうに、洗濯ハンガーがゆらゆら揺れているのが見える。あ、絵本も、直さなくちゃ。人魚姫を蛙にしなくちゃ。納得いかないけれど、それがみんなの望むことならば、そうしなくちゃ。先生が望むものにしなくちゃ、いい点数がもらえない。だって、成績が落ちたら、ママが悲しむ。ママはわたしの通信簿を見るのをなにより楽しみにしている。勉強をしろとは言わないけれど、成績がいいとすごく喜ぶ。でも、体が動かない。体が石のように重たい。それでもわたしは、全身の力を使って、ごろりと体を仰向《あおむ》けにした。あ。ヤモリ。天井にヤモリ。たぶん、あのときのやつだ。夏休みに入る前の雨の日、ヤモリがやっぱり天井に貼り付いていた。そのときは、二匹。大きいのと小さいの。

ママは言った。

「ヤモリは家の守り神だから、そっとしておきなさい。それに、その二匹は、きっと親子だよ。殺しちゃ、ダメだよ」

でも、今日は一四だった。そんなに大きくないから、たぶん、子供のほうだ。だったら、親は？　親はどうしたの？

そうだよ、ママはどうしたの？　どうして帰ってこないの？　いつもは、どんなに遅くても十二時には帰ってくるのに。

ママ、どうしたの？

熱い。顔が燃えているよう。喉《のど》がからから。わたしは這《は》うように、冷蔵庫に向かった。こんなに狭い部屋、いつもなら、二、三歩で行けるのに、今日はなかなかたどり着けない。

カルピス、冷たいカルピスが、飲みたい。とろりと濃いカルピスに、氷を浮かべて。

冷蔵庫をようやく開けたとたん、頭がくらりとして、わたしの体はつんのめるようによろめいた。その拍子《ひょうし》に、霜《しも》だらけの冷凍室に両手をつく。

はじめはひんやりとした感触だった。が、すぐに、火傷《やけど》したときのような痛さに変わった。でも、なにをどうやっても、手が剥がれない。

助けて、助けて！

わたしは叫びを飲み込んだ。ここで変に騒いだら、近所の人に迷惑だ。それに、近所の人が駆けつけてこのザマを見たら、きっと、ママが責められる。

「ほら、子供を一人留守番させるから、こんなことになるんだよ」

だから、自分でなんとかしなくちゃ。前のアパートでも同じことがあった。ママに注意されていたのにマッチに火をつけて、カーテンを少しだけ焦《こ》がした。あのときは、民生委員《みんせいいいん》さんが駆けつけた。

「やっぱり、子供は、施設に預けたほうがいいんじゃないの？　手続きしようか？」

そうだ。そのあとだ、ママが酔っ払って帰ってきたのは。そして、ここに引越したんだ。

あのときの失敗を繰り返しちゃいけない。だから、自分の力で、どうにかしなくちゃ。……でも。

助けて、助けて。

わたしは、心の中で叫び続けた。手が、手が、痛い！　氷にひっついて、剥がれない！

ママ、早く、帰ってきて！

窓の向こう、洗濯ハンガーがゆらゆら揺れている。誰かが、洗濯物を取り込んでいる？　ママ？　ママ、帰ってきたの？　ママ、助けて、手が、手が！

目覚めたとき、わたしはベッドの中にいた。白いカーテン、白い壁。ここはどこ？

「ああ、よかった」

ママの泣き顔が、ぼんやり浮かんでいる。

「手、痛くない？」

手？　見ると、わたしの両手は包帯《ほうたい》でぐるぐる巻きにされていた。どうやら、ここは病院のようだった。わたし、どうしたんだっけ？

「ヨシオカさんが、助けてくれたのよ」

ヨシオカさんって、誰？

ママの後ろから、にょきっと白い影が現れた。

その白いジャケット。……江ノ島のおじさん。

「ヨシオカさんが、部屋で倒れているあんたを発見して、病院に連れてきてくれたのよ」

おじさんが？　でも、なんで、おじさんがうちに？

「昨夜、ママもちょっと具合が悪くなって、ヨシオカさんの家で休ませてもらっていたのよ。それで、あんたの様子を見に行ってもらったの」

ママが、おじさんの家に行ったの？　なんで？

「どこから話せばいいかしらね」

ママは、下腹をさすりながら、言葉を濁した。顔が、ほんのり赤らんでいる。

「まあ、簡単にいえば、アイコ、あんた、お姉さんになるのよ」

意味が、分からない。

「ごめんなさい、ママも混乱している。さっき、お医者様から妊娠《にんしん》だって言われたばかりだから」

ママは、下腹をさすり続けた。その左薬指には、江ノ島で買ってもらった指輪。真っ青な海の色をした、大きな石。

「ヨシオカさんからプロポーズされたとき、一度はお断りしたんだけれど。でも、決心したの。こうなったら、あんたのお父さんになってもらうしかないって」

わたしの……お父さん？

「そうよ、あんたのために、お父さんになってもらうのよ」

わたしの……ため？

「ママ、お店辞めるから、夜もずっと一緒よ。来月には、ヨシオカさんのマンションに引越しするわよ。こんなことになるんだったら、カラーテレビ、買うんじゃなかったわね。ヨシオカさんちには、すでにカラーテレビ、あるのよ。うちよりも大きいやつが二台もよ。ヨシオカさんちね、すごいんだから。ステレオだってあるし、お風呂もあるのよ。シャワーもついているんだから」

どう応えればいいのか迷っていると、ノックが鳴った。入ってきたのは、ヨーコ先生だった。

ママと先生はお辞儀を交わすと、どちらからともなく、部屋を出ていった。

残された、おじさんとわたし。

このにおい。時々、家に残されていた。やっぱり、おじさんのにおいだったんだ。おじさん、わたしの家に、ちょくちょく来ていたんだ。このにおい、嫌い。でも、このにおいと、これからずっと過ごさなければならない。

そう思ったら、涙が出てきた。

「え、本当ですか？」

廊下から、先生の声が聞こえていた。先生は興奮すると、声が二倍も三倍も大きくなる。

「カラーテレビ、いただけるんですか？」

あのカラーテレビ、先生のとこにいっちゃうの？

「エンゼルフィッシュ？　ええ、ええ、そりゃ、もう、クラスのみんなが喜びます」

エンゼルフィッシュも、あげちゃうんだ。わたしが、水槽の掃除をしてきたのに。餌だってあげていたのに。……あげちゃうんだ。

またまた、涙が出てきた。

「アイコさん、よかったわね」

ヨーコ先生が、つかつかと軽やかに、部屋に入ってきた。その顔は、本当に嬉しそうだ。

「アイコさんが転校しちゃうのは、さびしいけれど、でも、これでアイコさんは、もうさびしくないわね。お父さんができるんですものね、お母さんもお仕事辞められるんですものね。これで、夜は家族団らんで過ごせるのよ。一人ぼっちじゃないのよ」

ひとりぼっちは嫌いじゃなかったけれど。

「これで、幸せになれるのよ」

今までも、十分、幸せだったけれど。

「本当に、よかった、よかった」

わたしの目から、次々と涙が流れ出す。それを拭《ぬぐ》う手は、包帯でぐるぐる巻き。包帯の下は、どうなっているのだろう。まるで、感覚がない。

メデタシ、メデタシ。

言いながら、ヨーコ先生が、わたしの肩をポンポンと叩いた。

「それで、アイコさんは、いつ、退院を?」

「まだ熱があるので、あと、二、三日は——」

なにか、いろいろと納得できないけれど、ママも先生も、よかった、よかった、と繰り返すのだから、これは、きっといいことなのだろう。江ノ島のおじさんも、きっといい人に違いない。お父さんと呼べるかどうかは分からないけれど。

でも。なんだろう、涙が止まらない。体が震《ふる》えて、たまらない。喉の奥に、言葉が詰まっている。

助けて!

目を開けると、そこにはチエちゃんが立っていた。

どうしたの? チエちゃん。お見舞いに来てくれたの? ……あのね、わたし、引越すことになったの。さよならしなくちゃいけないの。

わたしね……お父さんができるんだって。

「お父さんって、あの、白い車に乗った、白いジャケットのおじさん?」

うん。

「だから、気をつけてって言ったのに」

え？

「変態には、気をつけてって」

どういうこと？

「私、見たんだから。あのおじさんが、アイコちゃんのパンツを盗《と》っているところを」

「え？」

「あの人、変態なんだよ」

「おじさんが、……変態？」

「裏の空き地に、冷蔵庫が捨ててあるでしょう？　あの中を見てみて」

あの冷蔵庫に、なにが、あるの？

「私ね、私。……あのおじさんに――」

チエちゃん、チエちゃん、どうしたの、チエちゃん、チエちゃん！

大丈夫ですか？　声、聞こえますか？

「はい」

家はどこですか？

「横浜市戸塚区――」

お歳は？

「十一歳。小学五年生」

……今日が何日だか、分かりますか？

「今日は……昭和……四十六年――」

もう一度、聞きます。今日は、何年、何月、何日ですか？

「あ……。すみません。ちょっと混乱していて。……ええ、はい、分かります。今日は、平成二十四年……五月二十八日です」

医師はほっとした様子で、肩の力を抜いた。

「では、改めて、質問しますよ。あなたのお歳は？」

「今年で、五十二歳です」

「職業は？」

介護士《かいごし》をしています。

「ご家族は？」

高校生の娘がひとり。夫とは、十年前に離婚しました。

では、お名前は？

「ちえこ。……菅野《すがの》智恵子です」

菅野智恵子が病院に運ばれたのは、午前九時過ぎだった。信号のない横断歩道を渡っているときに大型バイクに接触され、一時、意識を失った。

連絡を聞いて飛んできたのは、娘だった。今年、十七歳になる。絵に描いたような反抗期で、ここ数ヶ月は、ろくに会話を交わしていない。でも、今は涙ぐみながら、母親の顔を覗《のぞ》き込んでいる。

「学校は？」

智恵子が問うと、娘はいつもの仏頂面《ぶっちょうづら》に戻った。

「朝礼《ちょうれい》がはじまったとたん、先生に呼ばれたんだよ。先生が、早く病院に行けって」

「でも、今日から中間テストでしょ」

「そうだよ。これで、追試、間違いなし」娘は椅子《いす》に腰掛けると、行儀悪く足を組んだ。しかし、その表情は、どこかほっとしている。「意識混濁《こんだく》、なんていうからさ。どんな重体かと思った。でも、もう大丈夫だってさ。二、三日で退院できるって」

「意識混濁?」

「うん。でも、お医者さんがいろいろ質問して、ようやく正気に戻ったみたい」

「……ママね、夢を見ていたみたい」智恵子は、包帯が巻かれた額《ひたい》をなでながら、ひとり言のように呟《つぶや》いた。

「どんな、夢?」

「アイコちゃんの夢」

「誰? アイコちゃんって」

「ママが小学生の頃、隣に住んでいた女の子。ひとつ年下の。母子家庭でね」

「うちと、おんなじ」

「そうだね。でも、当時は母子家庭って珍しくてね。しかも、母親がホステスをしていたから、近所の噂話《うわさばなし》の、格好のネタだった。だって、なにからなにまで、普通じゃなくて。あんな狭い部屋で、熱帯魚まで飼って。立派な水槽でね。ロッキングチェアもあってね」

「ロッキングチェアって？」

「揺り椅子のことよ」

「ああ。海外ドラマとかで、お金持ちのおばあちゃんが座っている？」

「そう、あれ」

「へー、おしゃれ」

「カラーテレビだってあったんだよ。夕飯は、店屋物《てんやもの》。カルピスなんて、ものすごく濃いの。うちなんか、ほとんど味のついてないカルピスなのに。白い色をした水のようなカルピス」

「アイコちゃんのこと、羨《うらや》ましかった？」

「まあね。私が持っていないものをすべて持っていたから。リカちゃん人形の服だって、たくさん持ってた。私のリカちゃんは、着たきり雀《すずめ》。アイコちゃん本人も、毎日違う服を着て。どれも流行《はや》りの服。下着だって、とてもかわいかった。洗濯ハンガーに干された下着はカラフルで、そこだけ別世界のようだった。私なんて、黄ばんだ下着。どんなに洗濯しても、白くならないのよ。……次の日はクラスメイトとプールに行くのに、そのパンツしかなかったのよ。黄ばんだパンツ。こんなパンツ見られるぐらいなら、死んだほうがいい——」

「ママ？」

「どんなに洗っても、洗っても、落ちなかった。布が薄くなるだけ。こんなパンツではプールに行けない。だから——」

智恵子の腕につながっている点滴《てんてき》が、大きく揺れる。

「ママ、お医者さん、呼ぶ？」

「大丈夫。ちょっと、いやな夢を見ただけだから」

「……それで、そのアイコちゃんは、どうしたの？」

「新しいお父さんができたのよ。それで、引越した。見たことないような、大きくてピカピカの白い車に乗って。お金持ちが乗る車よ。そう、アイコちゃんのママは、大きな会社の社長さんと再婚したの。玉の輿《こし》ってやつ」

「すごい。御伽噺《おとぎばなし》みたい。王子様が現れて、メデタシ、メデタシ?」

「でも、車に乗るアイコちゃんは、幸せそうじゃなかった。今にも死にそうに、青ざめていた。そう、まるで、蛇《へび》に怯える青蛙のように」

「なんで?」

「それは——」

私が、呪文《じゅもん》をかけたから。

しかし、智恵子は大きく頭を振ると、言葉を飲み込んだ。

Y u k i y a S y o j i

幸せな死神

小路幸也

「しにがみ?」

金曜日の夜。住んでるマンションから歩いて三分の、吉祥寺《きちじょうじ》の行きつけのバー〈キャリオット〉のカウンター。

今、私の横でウィスキーを、バーボンを、私のメーカーズ・マークを美味《おい》しそうに飲んだ男は確かにそう言ったの。自分は死神だって。

「しにがみって、死の神の死神?」

「そうです」

クイッとショットグラスを呷《あお》って、微笑《ほほえ》んだ。

「この日本ではそう呼ばれている存在ですよ」

酔っている。きっと私は酔っているんだ。そうじゃなきゃこの男が酔っているか近づかない方がいいアブナイ奴か。

あるいは、さっき、向こうで飲んでいた知らないおじさんが倒れてしまって救急車で運ばれていって大騒ぎになったから、動揺してなんかおかしくなっているのかも。だって、あのおじさん、どこかお父さんに似ていたから。大丈夫かな。全然動かなかったけど。心配。

お父さん、元気かな。今年のお正月も帰らなくてごめんなさい。

「もう一杯、ツーフィンガーいいですかね？」

いいけど、いや良くないけど、でもまぁいいかな。

だってこの死神、イイ男なんだもの。格好《かっこう》こそ赤いチェックのネルシャツにダメージジーンズにウエスタンブーツというどこのカントリーシンガーだって感じだけど、めちゃくちゃ端正《たんせい》な顔をしているの。ニコッと微笑まれたら婦人警官も駐車違反切符をすぐさま引き裂いて捨てるんじゃないかってぐらい。

「いいわよ」

頷《うなず》いたら、死神は本当に嬉《うれ》しそうにボトルを持って、でもまるで親の敵《かたき》みたいな顔をしながらショットグラスにきっちりツーフィンガー、ウィスキーを注《つ》いで。

「ここをきっちりしないとダメなんですよね」

「何がダメなの」

「決まりなんです」

「何の決まり」

きっちり量《はか》って注いだメーカーズ・マークをまたクイッと呷った。少なくともお酒に強いってことはわかったわ。

「私たちの決まり事ですよ。人様《ひとさま》のものを貰《もら》う場合は厳密《げんみつ》にしなければならない」

「私たちって？」

「だから」

グラスを、トン、とカウンターに置いて微笑んだ。あぁダメその表情にクラッときてしまう。まるでヒュー・ジャックマンみたいな甘い微笑み。

「私たち、死神のルールです」

土曜日の朝がやってきて、気づかないうちに自分のベッドに寝ていたことに気づいた。ガバッと跳《は》ね起きて枕元の携帯を取って見たら、お昼の一時を回っていた。

「うわー」

社会人生活四年目、こんなの初めてだった。お酒は強いつもりでいたのに、そしてきちんと自分でセーブできる人間だと思っていたのに。お化粧《けしょう》はかろうじて落としたらしいけど服は着たままだし。

「ええっと」

頭を押さえたけど、本当に何にも記憶になかった。

「危ないわー」

どうやって自分の部屋に戻ったのか記憶がないなんて、下手《へた》したらどこでどんなことされるかわからないのに。ええっと、確か。

「〈キャリオット〉で飲んでいたのよね」

なんて言いながら立ち上がって、咽《のど》が渇いていたから水でも飲もうってキッチンまでふらふらと揺れながらワンルームを歩いて、その向こうの玄関に眼をやった瞬間に固まってしまった。

靴《くつ》が、揃《そろ》えられている。

酔ってないときでさえ脱いだ後にあんなにきちんと揃えないのに。まるでミリ単位で測ったみたいにきちんと揃っている。

「あ」

ぶわっ、と記憶が甦《よみがえ》ってきた。一瞬で惚《ほ》れてしまいそうになるぐらいのイイ男の顔。

でも。

「死神」

そうだ。私ったらつぶれちゃって。

「あの人に」

連れて来てもらったんだ。

「そうなんですよ」

真後ろ、しかもめちゃ近い距離で声がしてものすごい勢いでその場で回転して振り返ったら、いた。甘い笑顔。

「随分《ずいぶん》楽しいお酒だったみたいですね、昨夜は」

「ちょ」

近い。近過ぎる。甘い笑顔の人って体臭《たいしゅう》までも甘いんだろうか。まるで薔薇《ばら》の香りみたいにいい匂《にお》い。

「あぁ、済みません」

死神は、すっ、と斜めに退《ひ》いて微笑んだ。

「生きている人と話すのは初めてなので、距離が測りづらくて」

落ち着こう。

落ち着きなさい榎本帆奈《えのもとはんな》。あなたはこれでもT大遠田《とおだ》ゼミきっての才媛《さいえん》と遠田教授にお墨付きを貰った子でしょう。お酒には気をつけなさいって何度も注意されたけど。

深呼吸する。

「あの」

「はい」

ニッコリ微笑んでみる。この人みたいに端正な顔なんかしていないけど、愛《あい》嬌《きょう》はあるって評判の笑顔。

「ずっと、いたの？」

「まさか」

さっきお邪魔しましたって。

「また来ていいって許可をいただいたので」

「私が？」

そうですって、ニコッと微笑んだ。

えーと。ダメだ。態勢を立て直そう。

「顔洗ってきて、いい？」

「どうぞどうぞ」

まるで自分の家みたいに何の躊躇《ためら》いもなく洗面所の方を手で示した。執事《しつじ》みたいな仕草で。

落ち着いて見れば、死神は昨夜とは打って変わってグレーのスーツ姿。それもその辺の二着でいくらみたいなものじゃなくて、ものすごく高そうな生地《きじ》でいい仕立てっていうのがハッキリわかるぐらいの。髪の毛も、昨日はなんかラフだったけど、しっかりと撫《な》で付けられている。どこなのかはわからないけど、いったん帰ってまたやってきたっていうのは本当なのね。

ＩＫＥＡで買った小さなグリーンのちゃぶ台に、コーヒーとトーストと目玉焼きと野菜サラダっていう簡単な朝ご飯みたいな昼食。

二人分。

一緒に食べたいって言うから。

「昨夜に続いて申し訳ありませんね。いただいてしまって」

「いえ」

大丈夫。これがとんでもなくおかしな状況だっていうのはわかってる。理解してる。

そして、この人が、死神だと名乗るこの男が、本当に超自然的な存在だっていうのも、もうわかった。

だって、この人。

影がないんだもの。

日当たりの良さだけが自慢みたいな私のこの部屋。三方に窓があってほぼ一日中陽《ひ》が差し込むんだけど、そして今日はとても良いお天気で三月の初旬なのに部屋の中は暖房《だんぼう》を入れなくてもポカポカしていて。

部屋中の全《すべ》ての物にクッキリとした影があるのに、この人にだけ、影がない。

この世に存在するものは、全て光が当たってこそ人間はその存在を認識できる。人の眼球というのはレンズでしかないから、物体に当たって反射した光を像として結んでその光の情報を視神経《ししんけい》から脳に送り込む。それで人は、脳がこれはあれだと判断した物体として認識できるの。例外はない。つまり、光が当たらないものは眼球からの情報がないのだから脳は、人間は認識できない。そして光が当たった物体は例外なく影を落とす。影がない、つまり光が当たっていないのにこうして認識できる物体というのは、およそこの世のものではないということ。

つまり、現段階では超自然的存在としか言いようがない。

はい、大丈夫。私の頭脳も理性も正常に働いている。

コーヒーを飲んだ。大丈夫。いつものように二日酔いなんてまるでない。相変わらずアルコール耐性度《たいせいど》MAXの私。

「あのね」

「はい」

死神はトーストを美味しそうに頬張りながら私を見た。この世のものでないものがどうしてこの世のトーストを食べられるのかという疑問は放《ほう》っておく。

「解説してほしいんですけど」

もぐもぐと食べながら頷いた。

「何故《なぜ》、あなたがここに、えーと、この世でこうしているのかを」

「そもそもの始まりはあなたが酔ったからですね」

「え？」

ほんのちょっと眼を細めて、死神は私を見る。

「昨夜、よほど嬉しいことがあったのか、あのバーのカウンターであなたははしゃいでましたね？」

「まぁ」

確かに、はしゃいでいたっけ。それは入社以来、クリエイターとしても男性としても憧《あこが》れ続けてきたグラフィックデザイナーの花井正則《まさのり》さんと一緒のチームになって仕事ができることになったからで、一人で祝杯を上げていたの。

本当に、本当に心の底から嬉しかったの。

「あなた、カウンターの中のバーテンさんと乾杯しましたね？　そしてメーカーズ・マークが入ったグラスを高く掲《かか》げましたね？　そのときにグラスが揺れて少しというか思いっきり隣の席の辺りにこぼしましたね？」

随分細かいところまで指摘《してき》されたけど、確かにそう。思い出した。ごめんなさいってハンカチで拭《ふ》いたの。

「そこに、私はいたんです」

「はい?」

「あなたの隣のスツールに私は座っていたんです。むろんあなたたちには見えないし触れることもできない状態で。ですが、ウィスキーをあなたに掛けられたので、こうしてあなたに見えるようになってしまったんです」

なんだそれは。

「えーと、それはそういうものなのかしら」

「そういうものなんです。わかりやすい言葉にすると、あなたは私にウィスキーを捧《ささ》げて私を召喚《しょうかん》してしまったんですね。供物《そなえもの》にお酒はつきものでしょう?」

召喚。なるほど。ゲームとかもやってるからその概念《がいねん》はわかります。

「ついでに言いますと、こうしてずっと見えているのも、あなたがウィスキーを奢《おご》ってくれたからです。召喚してさらに契約してしまったんですね。さらに言えば突然カウンターに現われた私をバーテンも周りの客も不思議に思っていなかったのは、あなたと最初から一緒にいた、という風に認識してしまったからです」

「そういうものなのね」

疑問なんか感じないで、そう思い込んでしまう。死神にはそういう力があると。

「そう思えばいいのね？」

「大変素晴らしいご理解です」

褒《ほ》められてもなんか嬉しくないけど。でもまぁ、一応は理解した。とりあえずこれでトーストもサラダも目玉焼きも咽を通りそう。第一段階はオッケー。

「人間の食事を初めて食べました」

死神は、嬉しそうに、しかも正座しながら言うの。食べ方もきちんとしているし、箸《はし》の使い方なんか私が恥ずかしくなってしまいそうなぐらいに、優雅《ゆうが》。

「それで」

コーヒーを飲んで、訊《き》いた。食べるものを食べたら、理解の第二段階。

「どうして、あなたはあそこにいたの？」

おや、っていう顔をした。

「仕事をするためにいたんですよ」

「仕事って」

「覚えてませんか？　あそこで倒れた中年男性がいましたよね」

そうだった。思い出した。

「じゃあ！」

思わず、少し引いてしまった。

「あの人、亡くなったの？　あなたが殺したの⁉」

死神は、悲しい顔をした。それからその表情のまま苦笑《にがわら》いをした。

「そういう誤解があることはわかっていますが、やっぱり面と向かって言われると悲しいですね」

「だって」

死神ってそういうものでしょう。人を死の世界へ連れていくんでしょう。人の命を奪うんでしょう。

「違うの？」

「違います」

きっぱりと言われてしまった。

「人が死ぬのは寿命《じゅみょう》です。天命《てんめい》です。運命です。私たち死神が奪うわけじゃ、殺すわけじゃありません。そこのところは誤解を解いてください」

「じゃあ、あなたたち死神って」

何をしているのか。

「人が死ぬところに必ず現われて死後の世界へ連れていくんじゃないの？」

「連れて行きません」

「行かないの？」

こくりと頷く。

「私たちの役目は、確実にそこでその人間が死んだことをこの目で確認するだけです。要するにただ看取《みと》っているだけなんですよ」

「なんでそんなことを」

ちょっと首を捻《ひね》った。

「あなたも広告会社に入社して三年目。来年には二十六になるという大人の女性です。仕事というものがどういうものかを理解してますね？」

「まぁ、そのつもりですけど」

「仕事は、完成させなきゃ、仕事として成立させなきゃなりません。そうですね？」

確かにそうですね。

「この世のどんな仕事でもそうです。たとえばあなたがイラストレーターに発注した絵は、イラストレーターが描いたものをあなたが見て『良し』と判断しますね。それで〈完成〉ですか？」

「違うわね。上司やクライアントにオッケーを貰わないと」

「その通りです。上司やクライアントのオッケーを貰い、そしてその絵が何らかの媒体《ばいたい》に使われて、それが世に出るのを見届けて初めて〈完成〉ですね？　更《さら》に言えば報酬《ほうしゅう》などをきちんと処理して、ひとつの仕事が〈成立〉したとあなたは判断する」

その通りです。何も間違ったことは言ってません。

「同じなんです。私たちの仕事というのは、完成された死を、成立した死をしっかりと見届けなきゃなりません。人間が肉体の活動を終えて、その生命を終えたことを確認しなければならないのです。そうしないと〈死〉は、完成しないのです。言うなれば私たちは野球のアンパイア、サッカーの審判です。私たちがゲームセットのコールを、笛を吹かないと試合は成立しない」

じっと私の眼を見据《みす》えてから続けた。

「〈死〉は、成立、つまり完成しないのです」

「じゃあ、そうやって見届けて、〈死〉が成立した後は、その人はどうなっちゃうの?」

「どうもこうも、死んでいます」

そうじゃなくて。

「死後の世界とかに行くんじゃないの?」

世界中できっと何億人もの人が知りたがっている疑問。その答えが私に知らされるのかも。

「わかりません」

思わず、ずっ、と滑《すべ》ってしまった。ノリが良すぎるって言われる私。

「どうして死神がわからないの」

「そこも、誤解ですね。何度も言いますが、私たちが人間の魂とやらを死後の世界に連れていくわけではありません。そもそも魂なんてものがあるのかどうかも私にはわかりません。〈死〉は〈死〉です。生命活動の停止です。それ以上でも以下でもないんです」

「じゃあ」

さっき言ったけど。

「完成を見届けて成立させるのが仕事だって言ったけど、その完成は誰に報告するの？　それこそあなたの上司みたいな人がいるんじゃないの？」

死神はニッコリと微笑んだ。

「それは、内緒《ないしょ》です」

内緒なのか。ここまで話しておいて。

「あなたもいい大人なら、世の中には知らない方がいいことがたくさんあることをわかっていますね？」

まぁ、確かにそうなのかもしれないけど。

死神はそれからも私の前に突然現われるようになった。

バーのカウンターで私の横のスツールに当然のように座るの。何でも、ここと私の部屋の二ヶ所だけには自由に現われることができるんだって。

そう、私が許可を出してしまったから。

そういうものなんだそうだ。私の部屋に顔を出すのはやはり独身女性に失礼だろうからあえて控《ひか》えているんだって。気を遣《つか》ってもらってすみませんどうも。

でも、映画や漫画みたいに突然パッ！　と現われるのならそれっぽいんだけど、まるで私と待ち合わせをしていたかのようにドアを開けて入ってくるのよ死神は。一人のときだけじゃなくて、真実子《まみこ》やカッチャンと飲んでいるときにもそうやって現われて、私のメーカーズ・マークを二杯飲んで帰って行く。どこへ帰るのかわからないんだけど。

不思議な能力を持っているのは、十二分にわかりました。だって、マスターも真実子もカッチャンも何の疑問も持たずに「今晩はー」とか挨拶《あいさつ》して笑顔で死神と親しそうに話してお酒を飲んで「じゃあねー、またねー」って。なのに、死神が去った後には彼のことはなかったようになって誰も話題にしないんだから。便利なものねって思う。

今日も、会社帰りに〈キャリオット〉に寄って一杯だけ飲んで帰ろうと思ったら、現われた。さもそれが当然のような顔をして。

今日はブラックジーンズにライダースの革ジャンというスタイル。毎回毎回それなりにお洒落《しゃれ》な格好をしてくるんだけど、その衣装も自由自在にできるのかしら。

「ねぇ」

「なんですか」

「今日も、誰かの死に立ち合ったの？　見届けたの？」

訊いたら、ちょっとだけ微笑みながら頷いた。

「それが、仕事ですから」

「亡くなられたのは、一人だけ？」

首を横に振った。

「たくさんいらっしゃいますからね。昼夜関係なく」

訊いちゃいけないかな。でも。

「キックないのかな、それ」

私とこうして話している死神は、とても優しい人。紳士《しんし》だし、話題も豊富。つまり、とても人間らしい人なんだ。なんか言い方変だけど。本当にそう。ちゃんとしている人。ひょっとしたら私が今まで出会った男の人の中でも一、二を争うぐらいに、いい人。もちろん一、二を争っているのは花井さんだけど。

「キツィ、ですか」

「そう」

苦笑いした。

「そうですね、人間の感覚で言えばかなりキツィかもしれませんね」

「やっぱり？」

「それしかしていませんからね。私たちは」

それだけ。

「何度も言いますが時間の感覚があなたたちと私たちでは違います。だから、一日中という言い方は語弊《ごへい》があるのですが、あなたたちの感覚で言えば、私たちは常に人の死だけを確認しています。それしか、していないのですから」

聞けば聞くほど、辛《つら》そうだった。

「まぁ」

また死神は苦笑いした。

「私たちは人間というものをよく知ってはいますが、人間の感覚はあてはまらないですからね。辛いとか悲しいとか淋《さび》しいとか、そういう感情はないに等しいですから心配ないですよ」

そういうものなんだろうか。

少なくとも、私の横で美味しそうにウィスキーを飲んでいる死神は、とても感情豊かに見えるのに。

月日は、流れていく。

たとえ死神なんていうどんな親しい友人にも恋人にも言えない知り合いができたとしても、仕事は毎日ある。不況の中でもなんとか喘《あえ》ぎながら精一杯いい仕事をして、私たちは毎日を過ごさなきゃならない。生きていかなきゃならない。

考えてみれば、花井さんと同じチームで働き出したのと、死神と出逢ったのはほぼ同じ日なんだ。

あれから一年以上が過ぎた。

信じられないことに花井さんから交際を申し込まれて、とにかくもうびっくりしながら私はもちろん頷いて。

恋人同士になって。

順調といえば、これ以上ないってぐらい順調で充実した毎日。

でも。

「なんか、疲れてる？」

その夜の死神は、いつもと雰囲気《ふんいき》が少しだけ違った。

訊いたら、死神は少しだけ驚いたような表情をした。

「わかりますか」

「なんとなく」

もうこうやって並んでお酒を飲むのも何十回目になるのかわからないぐらい時が過ぎた。一緒にカウンターに座っている時間こそ、いつもほんの十五分かそこらだけど、それだけ一緒に飲んで少しずつ話をしていれば、相手の性格だってわかってきます。

そう言ったら、死神は微笑んだ。本当に、大好きな人がいなかったらコロッとまいってしまいそうな甘い笑顔。

「仕事がキツイの？」

「そんな風に見えますか」

「見える」

一緒に飲んでいると、それがどんなに楽しい宴会でも、人はいろんな感情を垣《かい》間《ま》見《み》せると思う。お酒のせいで普段は張っているバリヤーが緩《ゆる》んでしまうせい。

死神がお酒に酔うのかどうかわからないけど。

「少し、調子に乗ってあなたに係わりすぎましたかね」

え？

「どういう意味？」

小さく息を吐《は》いて、ポケットから煙草《たばこ》を取り出した。今まで吸ったことないのに。

「いいですか？」

「どうぞ」

ここは禁煙じゃありません。私は吸わないけど、お酒を飲みながら旨《うま》そうに煙草を吸ってる人を見るのは好き。火を点《つ》けて、ふぅ、と煙を吐き出す。

「前にも言いましたが、私は人間とこうして過ごすのは初めての経験です。私に頭からウィスキーを掛ける人なんかいないですからね」

確かにそう思うわ。

「私たちは、ただ人が死ぬのを看取って、何十年何百年と過ごすんです」

うん、以前に聞いた。そう言っていた。もう何百年やってるのかわからないって死神も中にはいるって。もちろん時間の感覚が私たちとは違うので、比べて驚く方がおかしいのだけれど。蟬《せみ》の寿命と人間の寿命を比べることに意味がないのと同じ。

そう言えば訊いてなかったけど。

「あなたは？　人間で言えば何歳ぐらいなの」

「私が死神を始めてからは、人間の感覚で言うと九十五年ぐらいですかね」

九十五歳。

死神は、ただ死神として存在するだけ。誕生も死もない。

人間と違って、生まれて育っていうものじゃないそうなんだ。彼らは最初から最後まで、ただ〈死神として存在する〉だけ。だから、九十五年を九十五歳と表現するのも間違っているらしいんだけど。

「帆奈さん、最近幸せでしょう」

「え？」

「花井さんと両思いになれて」

「どうして知ってるの！」

まだ話していなかったのに。片思いしていたことは前に話したけれど。

「あなたのことならなんでもわかるんですよ。何せ契約者ですから」

そうなのか。

「良かったですね」

その笑顔から、皮肉《ひにく》とかそんなんじゃなくて、本当におめでとうって気持ちが伝わってきた。

「ありがと」

「もちろん、帆奈さんの望みは花井さんと結婚して幸せな暮らしをしていくことでしょうけど、とりあえずその望みは、スタートまでは叶《かな》ったわけですね」

「いやそんな」

結婚だなんて、確かにそうなんだけど思わず頬が赤くなってしまう。でもそれと、あなたが元気がないのにどういう関係が。まさか。

「私を好きになったの？」

「違いますよ」

ふふん、と、鼻で笑って否定されてしまった。それはそれでちょっと、いやかなり悔《くや》しいけれど。

「あなたが幸せそうなのはとても嬉しいのです。何せ、私たちは幸せを感じることができないので」

「幸せを感じられない？」

「そうです」

そういえばそんなようなことも話していたっけ。

「人間が感じるようなそういう感覚を理解できないってことかしら」

死神は、ほんのちょっと首を傾《かし》げて淋しそうに微笑んだ。

「人にとって、幸せって、なんでしょうね」

それは。ええっと。

「私は今、幸せよ」

「そうでしょうね」

うん、幸せ。好きな人に好きって言ってもらえて、相思相愛《そうしそうあい》。仕事はイヤなこともあるけれども、充実してる。

「そういうのは、幸せよね」

「そうなんでしょうね」

その他にも、幸せはたくさんあると思う。

「たとえば、美味しいものを食べたときとか、気の合う友達と話しているときとか、映画が面白かったときとか」

何でもいいんだ。朝起きたときにゆっくり寝られたって思ったらそれも幸せ。休日にお天気が良かったり、お洗濯が気持ち良かったり、近所の子供が笑いながら楽しそうに遊んでいるのを見たり、開けた窓から心地よい風が吹きこんできたり。

そうやって毎日を過ごせることは、幸せだ。

小さな幸せも、大きな幸せも、この世にはたくさんある。気づかなくても、通り過ぎちゃっても、後から考えればあのときは幸せだったんだって気づくこともある。

「その通りだと思います」

死神は、微笑みながらゆっくり、大きく頷いた。

「私は人間の営《いとな》みを全部知っています」

哀しいことも辛いことも苦しいことも全部知っているって死神は続けた。

「それらはたくさん、その人の人生に降りかかってきます。でも、同じぐらいに幸せもたくさん人生にはあるのですよ。あまりにもささやかすぎて、当たり前すぎて気づかないですけど、何より不幸は心に突き刺さりますが、本当の幸せはただそっと寄り添うように訪れる。だから」

気づかないけど、人間は毎日毎日幸せに触れているんだって。

「うん」

何かが、心に、そっと触れたような気がした。

「本当にそうね」

そうだと思う。

「帆奈さん」

「なに？」

死神が、私を見た。

「そういう幸せを、私たちは感じることができないんです。でも、死神が、幸せを感じる瞬間が、そういう気持ちを持つことができる場合が、ただひとつあるんです」

「そうなの？」

それは。何なのだろう。

「誕生です」

「誕生?」

こっくりと、頷いた。

「人間の死を看取ることだけが仕事の私たちは、人の誕生を見ることは決して、できません。そういう場に立ち合うことなど不可能なんです。できないんです」

それは宿命だって、死神は続けた。

「私たちは、ふらふらどこにでも出歩けるわけじゃありません。ただ、人が死を迎える場所に現われるだけの、それだけの存在なんです。私がこうしてバーにあなたといるのは、あなたが私を召喚してしかも契約してくれたからです。ウィスキーを掛けられたからなんて、話してしまうとものすごく馬鹿馬鹿しいことですけど、それは奇跡と言ってもいいことなんですよ」

そうなのか。

でも、確かに言われてみればそうかも。

たまたま死神は、あのおじさんの死に立ち合うためにやってきた。あのおじさんは常連じゃなくて初めてやってきたお客さんってマスターが言ってた。そこにたまたま私がいた。花井さんと一緒のチームって言われたのも偶然その日だったし、はしゃいでウィスキーをこぼしたのもたまたまだ。

そして、死神に、偶然にウィスキーがかかった。

何もかも奇跡的な偶然で、こうして死神は私と話すことができるようになったんだ。

人が死を迎える場所以外に、来られるようになったんだ。

「普通の死神が行けるのは、常に人が死ぬ所だけです。私たちは死に遭《あ》うことしかできないんです。だから」

死と、まったく反対のものである、人が誕生する場面に出会うことができたら、幸せを感じることができる。

「それは、私たちの間で半《なか》ば伝説のように語られていることなんです。そのときに、私たち死神は、存在してから消えるまでまったく感じることのできない幸せを感じることができると」

死神が私の眼を真《ま》っ直《す》ぐに見た。

初めて、初めて死神の何かに触れたような気がした。もう何十回と見つめたその瞳《ひとみ》の奥に何かが揺れたような気がした。

誕生。

人が生まれる瞬間に立ち合えたのなら、死神は幸せを感じることができる。

それじゃあ。

「死神」

「はい」

「あなたは、これからもこうやって私と会えるのよね」

「あなたがもう来るなと言えば来ませんけれど」

そんな冷たいことは言わないわよ。

「他の場所にも、私が来てもいいって言えば来られるのよね？」

「行けますよ。あなたと契約しているんですから」

「そこが、産婦人科でも？」

「え？」

ちょっと、今からそんなことを考えるのはすっごく恥ずかしいけれど。

「私、幸せになるから。きっと結婚して、赤ちゃん産むから」

あなたを、産婦人科に呼んであげる。

「私の赤ちゃんが誕生するところに、立ち合わせてあげる」

あなたに、幸せを感じさせてあげる。

「そんな」

ものすごく驚いた顔をした。

「何故」

「何故って。私たち、友達でしょ?」

友達の幸せのために何かをしてあげるなんて、あたりまえのことじゃない。


死神が、微笑んでいた。

赤ちゃんの、私の赤ちゃんの泣き声が響く中、本当に嬉しそうな微笑みを浮かべている。

「おめでとうございます」

「ありがとう」

先生も、看護師さんも、たくさんの人がいるけれど、誰も死神なんて気にしない。私たちがこうして話しているのも聞こえているけど、死神が去ってしまえば皆忘れてしまう。

死神が、ゆっくりと息を吐いた。満足そうに。

「帆奈さん」

「なぁに」

「さよならです」

え？

「本当に、嬉しいです。きっと、これが、幸せです」

「どうしたの」

薄い。

死神、あなた、色が薄いわよ。どんどん消えていくみたいだよ。

「死神!?」

「私たちは、誕生に出逢うことはないんです。それは、あってはならないことなんです。もし、誕生の瞬間に立ち合うことがあったのなら、私たちの存在は消えてしまうんです」

「どうして」

そんなこと、言わなかった。

「幸せを感じるって言ったじゃない。人が産まれるところを、私の赤ちゃんを見ることができたら、普通の死神が絶対に感じることのできないはずの幸せを感じられるって言ったじゃないの」

幸せっていうものを、知りたいって。

死神が、にっこり笑った。あの甘いマスクで。

「ごめんなさい。嘘《うそ》をつきました」

「どうして」

「私たちは、消えることができないんです」

「消えること？」

人間でいうところの長い長い気の遠くなるような時間、ずっとずっと人が死ぬ瞬間の場所に現われてそれを看取っていく。

永遠に続く仕事。

ただそれだけでしかない存在。

「私たちにとっての〈幸せ〉とは、消えることだったんです。この死神の役目から逃《のが》れること。それだけが、私たちの〈幸せ〉なんですよ。そして」

唯一消える方法が、誕生の瞬間に立ち合うことなんです。

私は、消えたかったんです。

死神は、そう言った。どんどん薄くなっていくその姿で。

「そんな」

そんなの。

消えちゃうってどういうこと。

「ありがとう。帆奈さん」

「死神」

「最後に、知ることができました」

「何を」

消えることだけじゃない。それだけが幸せじゃなかった。

そう言った。

「生命の誕生は、素晴らしいことですね。とても嬉しいことですね。幸せですね。帆奈さん」

素晴らしいです、って。

あなた、それ、涙？　泣いてるの？　嬉し涙？

「あなたの赤ちゃんを見ることができて、本当に私は嬉しい。生まれ落ちた命はただそれだけで愛《いと》しいものなんですね。今、それを感じています。喜びを感じています。そしてそれは」

幸せなことです。

胸に手を当てて、死神は言った。

「幸せです」

私は今、幸せです。

その言葉が、風のように消えていった。

死神の姿と一緒に。

そんな。

「死神！」

名前は？

今まで訊かなかったけど。あなたは言わないし、訊いたら失礼かなって。そんなものはないんじゃないかって思って今の今まで訊かなかったけど。

あなたの名前は？

「この子にあなたの名前をつけてあげる！」

何ていうの、あなたの名前は。

叫んだ私の言葉も、どこかに消えていった。

「名前は？」

お父さんとお母さん。お義父《とう》さんにお義母《かあ》さん。そして、最愛の、旦那《だんな》様の正則さん。可愛《かわい》い男の子だって皆が言ってくれた。

「決めたの？」

お義母さんは正則さんに訊いた。

「まだなんだ。産まれてから、二人で、この子の顔を見てから決めようって話していたから」

「あら、そうなの」

そうなんだ。そうやって話していた。

「正則さん」

「ん？」

「今、ふっと浮かんだ名前があるんだけど」

おお、ってお義父さんが微笑んだ。

「そういうインスピレーションは大事だぞ」

正則さんも、笑った。

「どんな名前？」

「あのね」

ねぇ、死神。

あなたの名前を訊くことはできなかったけど、私が名前をつけてあげる。この子の名前と一緒に。

いいでしょ？

不吉だとか、そんなこと感じないよ。だってあなたいい人だったもの。普通の人間より、はるかにはるかに、人間らしかったもの。優しかったもの。

この子には、そんな子になってほしい。人の悲しみも幸せも全部きちんと理解できる子に。

だから、名前をつけてあげる。あなたとこの子に、同じ名前を。

それでまたひとつ、幸せになれないかな。

なれるよね。

勝手にそう思っておくから。

それで、イヤじゃなかったら、できるものなら、私が死ぬ瞬間に来てよ。私、ゼッタイに幸せな人生を送って満足した顔で死んでいくから。

会いに来て、私を看取って。

久しぶりですねって、会いに来てよ。

解説

友清　哲

名前に〝幸〟の一文字を持つ作家を集めて、幸せのアンソロジーをつくろう。そんなアイデアがもたらされたのは、かれこれ数年前のことになります。

これまでありそうでなかったこの企画。初めのうちこそ「でも、〝幸〟がつく作家ってそんなにいるのかな？」なんて疑問も湧き上がったけれど、いざ探し始めてみると、これが案外大勢いらっしゃるもので。

どうせなら、作品のテーマも〝幸せ〟で統一してはどうだろう。さっそくお名前をリストアップして、「〝幸せ〟をテーマに小説を書いてください！」と口説《くど》いてまわった結果の産物として、本書はいま皆さんのお手元に存在しています。

でも、考えてみればこれほど漠《ばく》としていて、具体的なイメージに通じにくいテーマも珍しいかもしれません。幸せとは無形のものであるし、人によってその在《あ》り方を変えるもの。見方を変えれば、幸せをテーマにするということは不幸せをテーマとすることと表裏一体でもあり、世のすべての作品がこのテーマと無縁ではないとすら言えます。

つまりは、〝幸せ〟をどこまで広義に解釈していただいても、どのように料理していただいても結構、という結論に落ち着くわけです。

まず、この「幸」という文字に秀逸《しゅういつ》な反応を示してくださったのは、山本幸久さんでした。

幸という文字の由来をひもとくと、もともとは手枷《てかせ》をはめられる程度の刑ですんで幸せ、というニュアンスを持つ象形《しょうけい》文字なのだそう。身体を傷つけられる刑と比べれば、これはたしかに幸いなことでしょう。そういえば、〝刑を執行する〟という言葉には、ちゃんと幸の字が含まれていて、なんだか意味深ですね。

山本幸久さんといえば、人々の生き様をどこかほっこりと、温かく描写されてきた人物。〝幸せ〟をテーマとするなら、まずはずせない作家の一人です。

果たして、山本さんが今回持ちだしたのは、おばあちゃんの掏摸師《すりし》という、それだけでワールドが広がりそうなモチーフでした。もちろん、山本さんの手にかかればこれがクライムノベル化するわけもなく、本書所収の「天使」は、読後にさらなる物語の膨《ふく》らみを感じさせてくれる素敵な作品に仕上げられました。

順不同で参りますと、小路幸也さんの創作術に間近で触れられたのは、本書制作中のうれしい体験でした。

北海道に小路さんを訪ね、「〝幸せ〟をテーマに小説を書いてください！」とお願いしたところ、「いいですよ。何を書きましょう。何でも言ってください、連想しますから」と、じつに軽いタッチでオーダー快諾《かいだく》。その様がまず、なんとも言えずスタイリッシュなのでした。

幸せと対極にある存在って何だろう？　その存在にとっての幸せってどんなものだろう？　――まるで言葉遊びを楽しむかのように、次々にキーワードを口にしていく小路さん。短時間のうちにたどり着いたテーマは、〝死神の幸せ〟でした。

死神とは本来、人の死に立ち合う、忌《い》み嫌われがちな存在だけど、彼らにも幸せという概念はあるはず。もしかすると彼らは、意外とこの仕事を嫌がってるんじゃないか。だとしたら……。

そうした発想から膨らんでいった、今回の「幸せな死神」。死神といえば、伊坂幸太郎さんの『死神の精度』を思い浮かべる人も少なくないでしょう。小路さんは当然、今回その伊坂さんと名を連ねることを知ったうえで、このモチーフにチャレンジしています。どうでしょう、なんだかワクワクしませんか？

さて、作家の方にはそれぞれ作風に紐付《ひもづ》くカラーというのがありますが、今回のおしゃれな執筆陣の中で異彩《いさい》を放っているのは、なんといっても真梨幸子さんでしょう（失礼！）。

近年、イヤミス（読後にイヤ〜な気分にさせてくれるミステリーのこと）という言葉を世間に浸透《しんとう》させた立役者の一人であり、とにかく後味の悪い物語を紡《つむ》がせたら右に出る者なしというべき鬼才《きさい》です（さらに失礼？　いえ、褒《ほ》め言葉ですよ）。

デビュー作『孤虫症《こちゅうしょう》』で、不倫《ふりん》主婦から始まる謎の奇病の連鎖《れんさ》を描いた真梨さんは、その後も『女ともだち』で女同士の関係性の暗部を抉《えぐ》り、『みんな邪魔』でオタク中年女性たちの間で起こる怪異な事件を描き、そして一家惨殺《ざんさつ》事件で生き残った少女の狂った人生を描いた『殺人鬼フジコの衝動《しょうどう》』でブレイクを果たします。

正直に申せば、個人的にどうしても読みたかったのです。そんな真梨さんに向かって「〝幸せ〟をテーマに小説を書いてください！」というパルプンテを唱えたら、いったいどんな作品が飛び出すのか、を。

本書の装丁ラフをご覧になった際、「私個人の作品だったら絶対実現しないおしゃれなデザインで素敵！」と喜んでおられたことが、とっても印象的です。

そして、中山智幸さんの爽《さわ》やかで実直な筆も、本書に大切な彩《いろど》りを添えてくださいました。

中山さんといえば、芥川賞候補にノミネートされたこともある、純文学の気鋭です。普段は九州にお住まいの中山さんが、ちょうどこの企画が持ち上がった時期にタイミング良く上京される幸運に恵まれ、すかさず「〝幸せ〟をテーマに小説を書いてください！」を発動。

作風から勝手に持っていたイメージの通り、穏《おだ》やかかつ思慮深さを感じさせる口調で、「ちょうど温めていた」という複数のアイデアをご披露《ひろう》いただいた小一時間の打ち合わせ。

果たして、先に作品を読まれた方にはおわかりの通り、「ふりだしにすすむ」はSFテイストを取り入れた意欲作として完成し、刊行前から世間の反応が楽しみな一作となりました。

伊坂幸太郎さんとの打ち合わせは、こちらとしても新鮮な経験でした。

じつは過去にも二度ほど、僕のくだらない雑談からアイデアを膨らませ、作品に取り入れてくれたことがある伊坂さん（その都度、わざわざ「あのネタ、使ってもいいですか？」と丁寧《ていねい》に連絡をくれる律儀《りちぎ》さが、いかにも伊坂さんらしいのです）。

しかしなにしろ、今回は初めて正規の執筆依頼をさし上げた立場です。「〝幸せ〟をテーマに小説を書いてください！」を唱えたはいいものの、どのようにお手伝いすべきか頭を悩ませていたところ、ほどなく「こんなアイデアを少し考えてるんですけど、ブレストさせてください」との連絡が。

三時間にも及ぶ楽しく笑いの絶えない活発なブレストの最中、とにかく印象深かったのは、伊坂さんが常に〝読者を驚かせること〟を念頭に置いていることでした。なるべく意図を読ませず、それでいて伏線《ふくせん》を大切にし、エンターテインメントとしてのサプライズを徹底的に磨き上げる。

世を席巻《せっけん》する伊坂作品は、こうして創り出されてきたのか——。そんな純粋な衝撃と喜びを、そのまま味わわせてくれる「Weather」の出来栄《できば》えに、ただただ感服するばかりなのでありました。

そんなこんなで、思いも形も色とりどりに、五つの〝幸せ〟が詰まった綺麗《きれい》な箱が完成しました。この楽しい箱を愛《め》でる幸せを、ぜひ読者の皆さんにも存分に感じていただきたいと思います。

（フリーライター・編集者）

この作品は、二〇一二年三月にPHP研究所より刊行された。

「ふりだしにすすむ」は『ペンギンのバタフライ』に、「幸せな死神」は『すべての神様の十月』に収録。

著者紹介

伊坂幸太郎　Kotaro Isaka

1971年、千葉県生まれ。東北大学卒。2000年に『オーデュボンの祈り』で第5回新潮ミステリー倶楽部賞を受賞してデビュー。04年に『アヒルと鴨のコインロッカー』で第25回吉川英治文学新人賞を受賞、08年に『ゴールデンスランバー』で第21回山本周五郎賞と第5回本屋大賞をダブル受賞。

山本幸久　Yukihisa Yamamoto

1966年、東京都生まれ。中央大学卒。編集プロダクション勤務などを経て、2003年に『アカコとヒトミと』(『笑う招き猫』)で第16回小説すばる新人賞を受賞してデビュー。主な著書に、『凸凹デイズ』『ある日、アヒルバス』『ジンリキシャングリラ』『芸者でＧＯ！』『店長がいっぱい』などがある。

中山智幸　Tomoyuki Nakayama

1975年、鹿児島県生まれ。西南学院大学卒。2005年に「さりぎわの歩き方」で第101回文學界新人賞を受賞してデビュー。08年には「空で歌う」が第138回芥川賞候補にノミネートされた。著書に『さりぎわの歩き方』『空で歌う』『ありったけの話』『ブラスデイズ』『ペンギンのバタフライ』がある。

真梨幸子　Yukiko Mari

1964年、宮崎県生まれ。多摩芸術学園(現・多摩美術大学)卒。2005年に『孤虫症』で第32回メフィスト賞を受賞してデビュー。女性心理の描写に定評があり、主な著書に、『女ともだち』『殺人鬼フジコの衝動』『みんな邪魔』『人生相談。』『5人のジュンコ』『お引っ越し』『アルテーミスの采配』などがある。

小路幸也　Yukiya Syoji

1961年、北海道生まれ。広告制作会社勤務などを経て、2002年に『空を見上げる古い歌を口ずさむ pulp-town fiction』で第29回メフィスト賞を受賞してデビュー。代表作である「東京バンドワゴン」シリーズのほか、『東京公園』『ラプソディ・イン・ラブ』『すべての神様の十月』など、著書多数。

ＰＨＰ文芸文庫　Happy Box

2015年11月24日　第１版第１刷

著　者　伊坂幸太郎
山本幸久
中山智幸
真梨幸子
小路幸也
発行者　小林成彦
発行所　株式会社ＰＨＰ研究所
東京本部　〒135-8137 江東区豊洲5-6-52
文藝出版部　☎03-3520-9620(編集)
普及一部　☎03-3520-9630(販売)
京都本部　〒601-8411 京都市南区西九条北ノ内町11
PHP INTERFACE　http://www.php.co.jp/
組　版　朝日メディアインターナショナル株式会社
印刷所　図書印刷株式会社
製本所　東京美術紙工協業組合

ISBN978-4-569-76454-2

PHP文芸文庫

ラプソディ・イン・ラブ

小路幸也 著

バラバラになった家族が「家族」を演じることで家族に戻れるのか？　集められた役者は全員家族!?　特異な設定のもと、撮影が始まる！

定価　本体六四八円（税別）

PHP文芸文庫

嘘

北國浩二 著

少年と千紗子と認知症の父。嘘から始まった生活は新しい家族のかたちを育んでいくが、やがて破局の足音が……。感動の家族小説。

定価 本体八八〇円 (税別)